上司の熟れ妻たち

霧原一輝
Kazuki Kirihara

紅 beni 紅文庫

目次

上司の熟れ妻たち

装幀　内田美由紀

第一章　課長夫人を寝取る

1

「佐藤（さとう）ちゃん、頼んでおいた特製モツ煮込みがまだ出てこないんだよ。忘れられてるんじゃないか？　ちょっと行って、せかしてこいよ」

池谷（いけがや）課長に命じられて、佐藤光一（こういち）はなんで俺が、と思ったが、すぐに、

「了解です。行ってきまーす」

明るく答えて、席を立つ。

会社から近い居酒屋の一室では、三名の社員が直属の上司である池谷課長を囲んで、呑み食いをしている。

課内でいちばんの美女である佐々木玲香（ささきれいか）と、まだ入って二年目の新人だがエリートと目されている楢崎達生（ならさきたつお）と光一――。

光一は入社四年目の二十六歳。いまだ平社員だが、こういう使い走りみたいなことは本来なら楢崎がするべきだ。なのに、課長が自分を指名するのは、気心が

知れていて使いやすいということもあるだろうが、基本的にナメられているからだ。

（結局、俺は課長にいいように使われているだけなんだよな）

楢崎などはまだ入社間もないのに、今度、うちの会社で始動する『日本茶ブランド化プロジェクト』のメンバーに抜擢（ばってき）されるというウワサだ。

光一が勤めるK物産は専門商社で、おもに有名な紅茶を英国から輸入したり、国内産のコーヒーの製造に手を貸したり、日本茶の活性化などの仕事をしている。

光一は池谷課長にかわいがられているはずだった。なのに、いまだに重要なプロジェクトに加わったことがない。

呑み会の幹事を任命されたりと、細々とした仕事は任せてくれる。

この前、深夜まで課長の酒につきあって終電がなくなったときなどは、課長は酔った光一を自分の家に泊めてくれた。だから、一応かわいがってくれてはいるのだ。

そしてそのとき、光一は課長の奥さんである池谷蓉子（ようこ）に一目惚れした。

蓉子は深夜だというのに、いやな顔をひとつ見せずに、べろんべろんに酔っぱらった光一を親切に介抱してくれた。

寝るときなどは客間に布団を敷き、光一の服を脱がせて、『主人のだけど、いいわね』と、パジャマを着させてくれたりしたのだ。

ブリーフ姿になった自分を恥ずかしく感じたが、蓉子は自分の肩につかまらせて、パジャマのズボンを穿(は)かせてくれた。

しかも、光一が脱いだズボンやワイシャツ、背広を丁寧にハンガーにかけてくれた。その後ろ姿を見ていて、自分もこんないい女と結婚できたら、と思った。

それに、何と言っても、蓉子は穏やかで淑(しと)やかな和風美人で、しかも、ニットを持ちあげた胸はとても豊かで、酔っていたこともあって、思わずそのオッパイに顔を埋めそうになった。

課長が四十五歳で、妻は九つ歳下だと言っていたから、蓉子は三十六歳だろう。

こんなぺいぺいの平社員が、上司の妻に横恋慕(よこれんぼ)するなんて、絶対にあってはならないことだ。しかしあれから、何かにつけて課長の奥さんのことを思い出して、胸がきゅんきゅんしてしまう。

きっとそれは、今、光一には恋人と呼べる女性がいないというせいもあるだろうが……。

だから、光一は今夜も遅くまで呑んで、どうにかして課長の家に泊まり、奥さんに再会したい、とひそかに願っていた。

調理場の前にいた従業員に、特製モツ煮込みが来てないことを告げると、彼女は調理場に確認して、やはり、忘れられていたのだろう、

「申し訳ありませんでした。すぐに、お届けにあがりますので」

深々と頭をさげた。

光一は、早くしてくれるように念を押して、個室に戻る。

と、課長がテーブルの上に身を乗り出すようにして、楢崎と真剣な表情で話しをしていた。

光一が個室に入っていくと、二人はまるで逢引きを目撃された恋人同士のようにさっと顔を離して、しかとした。

「忘れていたみたいで、すぐに持ってくるそうです」

光一が言うと、

「ああ、そうか……困ったもんだよな」

課長が渋面を作り、楢崎が苦笑いをした。

空気がへんだ。もしかして、二人は今度うちが立ちあげる『日本茶ブランド化プロジェクト』について話していたのではないだろうか？

その話をする際に、光一が邪魔だったので、課長が体よく光一を厄介払いをしたに違いない。

三人にただようぎこちない雰囲気を感じとったのか、席についた光一に、

「お疲れさま。呑んで」

佐々木玲香がビール瓶を差し出してくる。

「ああ、すみません」

光一は酌を受けて、泡立ったビールをごくっと呑む。

冷えたビールが喉を潤していき、いやな気持ちが少しだけかるくなった。

やはり、玲香は気がまわる。

入社七年目の二十九歳で、光一の三年先輩だ。

課内一の、いや、社内一の爽やか系の美人なのに、それを鼻にかけることなく、仕事もできる。池谷課長の右腕として、課長を助けている。

この人がいなければ、課長、何もできないんじゃないか――と思うこともある。

来年には昇進するのではないか、というウワサがあるが、それも玲香ならうなずけた。

今も、つやつやのストレートロングの黒髪が頬や肩にかかり、酔いでほんのり

と赤くなった肌がメチャクチャに色っぽい。

玲香のととのった顔に見とれているうちに、話題が今の政府の景気回復政策になって、三人は意見を交わす。会社の仕事は輸出入に関わっているし、政府の政策にも大いに影響される。

うちも一応専門商社の端くれだから、そのへんに関しては平社員でも一家言持っている。

そうこうするうちに、この店の個室を借りられる二時間が経過して、課長のオゴリで支払いを済ませ、三人は外に出る。

課長は次の店に行きたがったが、楢崎と玲香は帰るという。光一はもちろん課長の後をついていく。

基本的につきあいがいいという性格もあるが、遅くまで呑んで、課長の家に泊めてもらいたかった。もちろん、課長の奥さんが目当てである。

その後、二人で課長の行きつけのバーに行って、しこたま呑んだ。課長はとにかく部下と呑むのが大好きなのだ。

理由はおそらく、自説を聞いてもらえるからだ。課長は会社のなかではまだまだ発言力が弱く、意見を無視されることが多い。したがって、こういうことになる。光一がかわいがられるのは、課長の長広舌をうんうんうなずきながら最後まで聞いてあげるからだ。

そのうちに時間だけが過ぎて、とうとう終電の時刻になった。

（よし、やったぞ！）

光一は内心でガッツポーズをしていた。

そして、帰る際に、もう終電がないことを告げると、

「しょうがないな。じゃあ、今日もうちに泊まるか？」

案の定、課長が提案してきた。

「そうさせてください。すみません。いつも、お世話になって」

そう答える光一の頭のなかには、池谷蓉子のやさしげな顔が浮かんでいた。

2

私鉄の沿線にある都心からやや離れたところにある住宅地の一角に、池谷課長がローンで建てた、瀟洒な二階家があった。

課長がインターフォンを押して、

「蓉子、帰ったぞ！」

不必要な大声をあげると、しばらくして蓉子が出てきた。

もう午前一時半だというのに、蓉子はニットにスカートというきちんとした格好で現れた。かるくウエーブしたセミロングの奥様風の髪が、穏やかでととのった顔を引き立てている。

「呑んでたら、佐藤の終電がなくなったと言うんで、連れてきた。泊まらせてやってくれ」

課長が悪びれないで言う。

普通は電話くらいするだろうに、こんな突然の来訪者を歓迎する奥さんはまずいない。しかし、蓉子はやさしげな笑顔を見せて、

「ああ、佐藤さん。この前もいらしたわね。あまりおかまいできないけど、どうぞ、泊まっていってくださいな。いつも、主人につきあってくださって、申し訳ないですね」

などと、懐の広いところを見せる。

そしてまた、この笑顔が作ったものではなく、ごく自然で、心の底からそう思っていることがわかって、それだけで光一の胸は甘く疼く。

「あ、ありがとうございます。いつも、すみません。感謝しています」

光一も感じていることを素直に告げる。

「ふふっ……佐藤さん、いい方ね。主人の部下にしておくのはもったいないわ。うちの人、扱いが大変でしょ？」

蓉子が微笑んで、鼻の上に皺を作る。その笑顔がキュートすぎて、光一は胸がきゅんきゅんしてしまう。

「もういいだろ。入るぞ」

課長が靴を脱いで、廊下にあがり、光一もつづいてあがると、蓉子は玄関にしゃがんで、二人の靴向きを変えた。

それから、課長と会話を交わしながら、一緒に歩き、

「じゃあ、二階の客間に布団を敷いてきますね」

そう断って、階段を二階へとあがっていく。その際、あがっていくにつれて、膝丈のボックススカートからむっちりとした太腿の裏側がのぞいて、その肉感的な光景に、光一の股間は早くも力を漲らせようとする。

「シャワーとかどうする？」

課長に訊かれて、

「いえ、けっこうです」

光一が答えると、

「じゃあ、俺はシャワーを浴びてから寝るから。佐藤はしばらくそこのソファで休んでいろ。眠かったら、寝ていいからな」

そう言って、課長はスーツの上着を脱いで、リビングを出ていく。

しばらくすると、蓉子がやってきた。

課長の脱ぎっぱなしの上着を拾ったとき、スカートに包まれた尻が突きだされて、そのひきしまっているが大きな尻に言いようのない肉欲を覚えた。

それから、蓉子はスーツの上着をハンガーにかける。

(ああ、俺も女房にもらうなら、こういう人がいいな)

見とれているうちにも、蓉子はキッチンの冷蔵庫からミネラルウォーターを取り出した。センターテーブルに置いたコップに水を注いで、

「どうぞ、お好きなだけ召しあがれ」

そう言って、ソファのすぐ隣に腰をおろす。

「ありがとうございます。いただきます」

光一はこく、こくっとミネウルウォーターを喉に流し込む。喉の渇きがおさま

り、人心地がつくと、すぐ隣に蓉子を感じて、ドギマギしてきた。

何か言わなければと思って、

「大変ですね。こんな遅くまで起きていらして」

「うちは子供がいないから……」

そう答える蓉子が寂しげに見えた。

「すみません」

「いいのよ。うちは主人が大きな子供みたいなものだから。それに……佐藤さんみたいな若い方にいらしていただけると、わたしもうれしいの」

蓉子はにこっとする。

（ああ、何て素敵な人だ）

光一は感激して、隣の蓉子を見る。

フィットタイプのニットの胸を、Ｅカップはあるだろうたわわなふくらみが押しあげているし、スカートからはかわいらしい膝小僧と、子持ちシシャモみたいなふくら脛が突きだして、品良く斜めに流されている。ボアの温かそうなスリッパには、なぜかかわいらしい熊のデザインが施されている。

「いやだわ。さっきから足ばかり見て……」

蓉子に言われて、光一はハッとして顔をあげる。

「す、すみません……」

「主人につきあって、疲れてるみたいね。膝枕(ひざまくら)してあげましょうか？」

蓉子が思わぬことを提案した。

「えっ……いや、それは、あの……」

「主人が疲れさせたんだから、その疲れを少しでも癒やすのが妻の役目でしょ？　だから、いいのよ……いや？」

「いえいえ、全然いやじゃありません。ただ、あの……」

光一はちらりと浴室のある方向を見る。

「主人ね？　大丈夫よ。ここに来るときは足音でわかるから」

「ほんとうにいいんですか？」

「いいわよ。さあ、早く。するなら、今のうちよ」

蓉子にせかされて、光一はこくっと生唾を呑み、

「し、失礼します」

おずおずと身体(からだ)を倒していく。

まさかお腹のほうを向くわけにはいかないので、反対側に顔を向けて、頭を蓉

子の膝に乗せる。

もちろんスカート越しにだが、温かく柔らかでいながら、しっかりした太腿の感触が伝ってくる。

と、蓉子が頭を撫でてきた。まるで、いい子、いい子されるように髪をさすられると、自分が蓉子の子供になったような気がする。

うっとりと、もたらされる喜びを味わった。

それは性的な快感というより、女性に甘えること、すなわち身をゆだねることの安心感をともなった喜びだ。

と、蓉子が訊いてきた。

「佐藤さん？　お名前は？」

「光一です。光という字に一番の一です」

「ふふっ、光一さん……いいのよ、もっとリラックスなさって……いつもお仕事大変よね。お疲れさま……」

やさしい言葉をかけられて、髪をナデナデされると、光一は顔の向きを変えて、顔面をずりずりと太腿に擦りつけていた。

「あんっ……ダメよ……ああっ、ちょっと、ダメだって……鼻があそこに……

んっ……んっ……悪戯っ子ね。ダメですよ」

蓉子がかわいく叱ってくれた。光一がなおもつづけると、

「あん……ダメだって……んっ、あっ……あっ……」

蓉子が女性が感じたときの甘い鼻声を洩らし、かるくのけぞった。それに、閉じられていた太腿が少しずつひろがっている。

(ああ、感じている！　蓉子さんが……)

左右の太腿が開いて、柔らかなスカートが内腿の丸みに沿って張りつき、その窪みめがけてなおも、顔面を擦りつける。

「んんっ……んんんっ……」

蓉子は必死に声を押し殺して、太腿をいっそうひろく開き、腰を前に移動させて、下腹部をせりあげて押しつけてくる。

(ああ、信じられない。あの、奥さんの鑑みたいな人が、夫の部下にこんな……！)

下腹部のものがズボンを突きあげてきた。

たまらなくなって、うつむきになり、パンティストッキングに包まれた太腿をおずおずと撫でさする。柔らかく沈み込む肉感が指から伝わってきて、

「んんっ……ぁああ、ダメっ……ねえ、ほんとにダメ……もうお終(しま)いにしましょ？　ねっ、お終い……ぁああうぅ」

蓉子が顔をのけぞらせた。そのとき、

「来たわ！」

蓉子が鋭く言って、光一の上体を立たせ、自分は足を閉じてスカートを引っ張る。そのすぐ後に、パジャマ姿の課長がリビングに入ってきた。

「俺は寝るけど、佐藤はどうする？　明日も会社だから、早く寝たほうがいいぞ。ああ、明日のワイシャツな、俺のがあるから貸してやるよ。蓉子、用意しておいてやってくれ」

「わかったわ。ついでだから、ネクタイも新しくしたほうがいいでしょ？　あなたので使っていないものがあるから、それでいいわね」

蓉子が答える。

「ああ、頼むよ。じゃあ、俺は先に休むから……蓉子も早めに来いよ。佐藤の相手をするのもいいけど、明日があるからな。早く解放してやれ」

「わかったわ、あなた……ご心配なく、わたしもシャワーを浴びてからすぐに部屋にあがりますから」

「ああ、そうしてくれ……じゃあ、佐藤、明日な。明日は一緒に出社だな」

課長がリビングを出て、二階への階段をあがっていく。

(何ていい人なんだ!)

光一は課長の気づかいに感動した。

そして、今、課長の妻をあわよくばと狙っていた自分が恥ずかしくなった。

きっと、蓉子も同じように感じたのだろう。

「そういうことだから、二階に案内するわね。それから今のこと、これね……」

人差し指を口の前に立てた。

3

光一は布団に入っても寝つかれなくて、布団を輾転としていた。なぜなら、さっきシャワーを浴び終えた蓉子が物音を立てないように気をつかいながら、隣室の夫婦の寝室に入っていく気配がしたからだ。

まさか、隣の部屋に光一がいることを知りつつ、夫婦の営みははじめないだろう。しかし、寝つけないことをあって、光一はそっと布団を出て、隣室との境の壁に耳を押し当てた。

するといことと、何やらかさこそと物音がして、男と女の声が混ざってきた。

はっきりとは聞き取れないが、「ダメだ」とか「いいでしょ」というような声が聞き取れた。

（うん？　まさか……いや、やるかも）

さっき奥さんは膝枕してくれて、しかも、腰をくねらせていた。今夜は身体が火照っているのかもしれない。

居ても立ってもいられなくなって、光一はサッシを開けてみた。

部屋の外側にはベランダがついているようだ。しかも、ベランダが隣の夫婦の寝室に繋がっている。二階建ての民家ではよくあるパターンだ。

（ここでベランダを伝っていけば……）

いや、ダメだろう。お世話になっている課長夫妻の寝室を覗くなどやってはいけないことだ。しかし、我慢できなくなった。

着てきたコートをパジャマの上にはおり、抜き足差し足で狭いベランダを歩いていく。洗濯物が干せるように物干し台が置いてある。

と、隣室のサッシからは、縦長の明かりが洩れていた。どうやら、カーテンの真ん中が閉まり切らないで、開いていて、そこから明かりが洩れているようだ。

（ラッキー……！　これはやはり、覗いていいよと、神様がおっしゃってくださっているのだろう）

足を忍ばせて隣室まで歩き、明かりが洩れているカーテンの隙間をそっと覗き込んだ。

すると――。

ベッドが二つ置いてあって、そのひとつには課長が大の字に寝ている。そして、その股ぐらに蓉子がしゃがみ込んでいた。

どうやら、課長のあれを大きくしようとフェラチオをしているようだ。左右尻がこちらを向いているので、水色の透けたネグリジェの裾があがって、左右のむっちりとした太腿があらわになり、もう少しで股の付け根までもが見えそうだった。

（ああ、すごい、すごすぎる！）

もしかして、と思ってはいた。だが、これは強烈すぎた。

一目惚れした課長夫人がいくら自分の夫のものとは言え、おチンチンにしゃぶりついているのだ。

股間のものが一気に力を漲らせて、パジャマのズボンを持ちあげてくる。

光一は二十六歳で、これまでベッドインした女性は四人と少ないが、女体のなかに射精した回数が少ない分、性欲は有り余っている。

課長のセックスは見たくもないが、奥さんの蓉子となると話はまったく別だ。その課長夫人が今、こちらに大きな尻を向けて、男のものを頬張っているのだ。しかも、背中を反らせながらも、顔を小刻みに上下動させている。その身体のしなり具合や、顔の振り方がとても色っぽいのだ。

こうなると道徳心などどこかに吹き飛んでしまい、光一はヒップが揺れるのを見ながら、右手をブリーフのなかに突っ込んだ。

分身はカチンカチンで、ドクッ、ドクッと強い鼓動を伝えてくる。

中腰になって室内を覗きながら、静かにしごいた。

蓉子が顔をあげて、何か言った。内容ははっきりとわからない。

すると、課長が体を横にして、もういいからとでも言うように、蓉子に背中を向けたのだ。

(うん？　課長、やる気がないのか？　したたま呑んで疲れているから、性欲よりも眠気が勝っているということか……蓉子さん、可哀相に……どうするんだ？)

覗きつづけていると、蓉子の右手が尻のほうからまわり込んできて、シースルーのネグリジェをたくしあげるようにして、尻たぶの底をなぞりはじめた。

(オ、オナニーしているのか!)

したくてたまらないのに、夫に拒否されて、燃え盛る炎を自分で消そうとしているのだ。

ものすごい光景だった。

まくれあがったネグリジェから充実したヒップが丸見えになり、その丸々とした二つの球体の谷間を、細くて長い指が行き来している。しかも、黒々と生い茂った繊毛(せんもう)の翳(かげ)りまでもが目に飛び込んでくる。

しかも、こうしたほうが感じるとばかりに、腰が卑猥(ひわい)に前後に動き、長い中指が割れ目の中心をなぞっている。

「ううん、ううん……」

きっとそんなふうに呻(うめ)いているのだろう、わずかに声が聞こえ、そして、中指がぐっと差し込まれて、姿を消し、

「ぁあああぁぁ……!」

蓉子が顔を撥(は)ねあげた。今度は、はっきりと蓉子の感に堪えないといった喘(あえ)ぎ

がサッシガラスを通して、光一の耳にも届いた。

（ああ、すごい……！）

昂奮しすぎて頭に血が昇った。

その霞んできた目に、右手をリズミカルに振って、中指を叩き込む蓉子の姿が映っている。

「ぁああ、ああ……あなた、欲しいの。ちょうだい……」

蓉子の哀願する声が聞こえた。しかし、すでに課長は寝入ってしまったのか、まったく反応しないで「ウゴー、ウゴー」とみっともないイビキをかいている。

（情けないぞ……！）

さすがに、男として課長を評価できなかった。

そのとき、蓉子の右手がいったん離れ、今度は腹のほうから伸びてきて、翳りを越えて、体内に消えていくのがわかった。

このほうがやりやすいのだろうか、蓉子の中指が小刻みに動き、

「んっ……んっ……あ、あ、あ、あっ」

蓉子はベッドに左手を突いて這い、激しく右指を打ち込みながら、背中を反らせている。長い髪がばっさ、ばっさと揺れる。

(エロすぎる！)

いつもはやさしくて、穏やかな課長夫人が今は欲望をあらわにして、びくびくっと尻を震わせている。

(おおぅ、ダメだ。出そうだ！)

せめて、蓉子がイクところまではこの目で確かめたい。そして、できれば一緒に頂上を迎えたい。いつもアダルドビデオを見ているときの要領である。

しかし、刺激的すぎた。

(ええい、出してしまえ！)

なかに射精するのはマズいので、パジャマズボンとブリーフを膝までさげて、勃起(ぼっき)をしごいた。強く擦ったとき、無意識に足の位置を変えてしまったのだろう。左足が何かを蹴ってしまい、カランカラカラッ——と大きな音がした。

ハッとして見ると、それはベランダに置かれてあったアルミのバケツで、それを蹴ってしまい、バケツが引っくり返ったのだ。

(しまった……！)

おずおずと部屋のなかに目をやる。

蓉子が上体を立てて、こちらを見ていた。目が合って、光一はそれこそ蛇(へび)ににらまれた蛙のように凍りついた。

一歩も動けない。

判決を待つ被告のように佇んでいると、蓉子がこちらに向かって歩いてきた。

その視線が、光一の下半身でいきりたっている肉棹に落ちた。それですべてを理解したのだろう。

蓉子はサッシのガラス越しに、隣室に戻るように指で指示してくる。

やはりこの場で騒いで、課長を起こしてはいけないと気づかってくれたのだろう。

（さすがだな……）

感謝をしつつ、しかし、心のなかは罪悪感でいっぱいでベランダを歩いて、隣室に戻った。

しょげかえっていると、足音が近づいてきて、蓉子が部屋に入ってきた。

水色のノースリーブのネグリジェを着ているが、何しろスケスケなので、ノーブラの乳房の丸みや頂上の突起。そして、下腹部の繊毛の黒さまで透けだしてしまっている。

しかも、隣の美人お姉さんを三十六歳にしたような、清楚さを残しつつもどこか男好きのする色っぽい顔をしている。こうやって同じ部屋に一緒にいるというだけで、そのむんむんとした色気に圧倒される。

蓉子が一歩、また一歩と近づいてくる。

きっと怒られる――畏まっていると、蓉子はぴたりと身体を寄せて、手で光一の腰を抱き寄せ、右手を肩にかけて抱きついてきた。

（ええええっ……？）

びっくりしながらも、化粧水の独特の香りに包まれ、むっちりとした肉のしなりを感じていると、いったんおさまっていた勃起がまたはじまった。

「あそこで何をしていたの？」

蓉子がちょっと顔を離して、アーモンド形の目でまっすぐに見つめてくる。

「……すみません。何か、隣で音がしたので、気になって見に行ったら、そしたら……」

「わたしが主人のあれを咥えていた？」

「あ、はい……すみません」

「あのときから、ずっと見ていたの？」

「……は、はい」

「じゃあ、わたしのあれも見たのね？」

あれとはおそらくオナニーのことだろう。

光一が無言でうなずくと、

「もう……死んじゃいたい」

蓉子は手を離し、両手で自分の頬を挟むようにして、顔を左右に振った。

「いや、でも……すごく色っぽかったです。俺、もうちょっとで出しちゃうところでした」

「そうよね。あのとき、ここがすごいことになっていたものね」

蓉子の立ち直りは早かった。絶望的な羞恥から回復して、にこっとした。

ほっそりとした指でイチモツをつかんで、

「あらっ……また、すごいことになってるわよ」

笑うと、目尻がさがって、ぐっと愛嬌が増す。

「すみません……俺、あの……この前お逢いしたときから、お、奥さんが好きで……だから、その……」

「すぐに、こんなになっちゃうのね？」

そう言う蓉子の口角がごく自然に引きあがって、唇が艶めかしい。

「そ、そうみたいです」

「すごいわね。佐藤さんはお幾つ？」

「二十六歳です」

「そう？　若いっていいわね。確かめていいかしら？」

「……いいですけど」

　確かめるって、何をするんだろうと見ていると、ほっそりした指がズボンとブリーフの内側にすべり込んできた。

「ああ、カチカチだわ。主人、こうはならないのよ」

　そう言って、見あげると鳶色（とびいろ）の瞳がきらきら光っている。

「これからすることは絶対に、主人には内緒にしてね」

「はい……もちろん」

　光一はいったい何をしてくれるのだろうか、と期待に胸ふくらませる。

　さっきは覗きを見つかって、肝っ玉が縮みあがった。きっと叱られる。どうやって謝ったらいいんだろうと戦々恐々だった。

　なのに、状況が変わってきた。

　やはり、蓉子は欲求不満なのだ。それを光一で解消しようとしている。

(俺が悪いんじゃない。課長がいけないんだ……そう言えば、課長は前から、奥さんにはもう燃えないんだと言っていたな)

課長に対する罪悪感を必死に打ち消していると、蓉子が前にしゃがんだ。

パジャマズボンを引きおろし、テントを張っているブリーフに頬擦りしてきた。まるでその硬さを味わうようにすべすべの頬をなすりつけ、それから、ちゅっ、ちゅっと唇を押しつけ、見あげて艶めかしく微笑んだ。

視線を合わせたまま、いっぱいに出した赤い舌でブリーフ越しに、勃起をちろちろと舐めてくる。そうしながら、斜め上方に向かっている肉棹を根元のほうから擦りあげてくる。

これが深夜に来宅してもやさしく接してくれる蓉子と同一人物だとはとても思えない。それほどエロかった。

蓉子がブリーフを少しおろしたので、亀頭部だけが上端から飛びだした。

その茜色(あかねいろ)にてかつくスキンヘッドを、蓉子はちろちろと舐める。その間も、光一を見あげてくる。

(ああ、何てエッチなんだ。そうか、女の人は成熟してくると、こんなに色っぽくなるんだな)

光一がこれまでつきあった四人はいずれも同年配か年下の独身だったので、こういう熟した人妻を相手にするのは初めてだった。

亀頭冠の出っ張りのすぐ下を、舌を横揺れさせてくすぐられ、むず痒い快美感が一気にひろがってきた。

「くうぅ……」

あまりの快美感に天井を仰いだ。

勃起がびくびくと躍りあがる。

すると、蓉子はブリーフをおろして脱がせ、いきりたつものをつかんで持ちあげ、裏筋を下からツーッ、ツーッと舐めあげてくる。

「ぁあぁ……！」

それだけで、体に震えが走った。これまでの女性とはテクニックが違う。

やはり、人妻となると、夫と何回もセックスをしているから、自然に上手くなるのだろうか。

「ふふっ、足がぶるぶる震えてるわよ。立ってるより、寝たほうがいい？」

蓉子が気を利かせて、訊いてくる。

「はい……どちらかというと……」

「じゃあ、そこに寝て」

光一は掛け布団をあげて、真っ白なシーツに横たわる。

すると、蓉子が開いた足の間にしゃがんで、すごい勢いでいきりたっているものを握り、亀頭冠の真裏にちろちろと舌を走らせる。

光一は敏感な箇所を巧妙に刺激される快感に酔いながら、頭を持ちあげて蓉子を見た。

シースルーのネグリジェを身につけた課長の妻が、自分の屹立を一生懸命に舐めてくれている。それだけでも昂奮するのに、ひろがったネグリジェの襟元からは二つの真っ白な乳房がのぞき、しかも、三角になった先端のセピア色にぬめる乳首までもが見えてしまっているのだ。

ネグリジェがまとわりつく大きな尻を高々と持ちあげた蓉子は、亀頭冠の真裏を執拗に舐め、肉棹を握りしごきながら、時々、ちらっ、ちらっと光一を見あげてくる。

自分の愛撫がもたらす効果を推し量るようなその目付きが、たまらなく色っぽい。

それから、亀頭部の尿道口を指で押し広げ、そこに唾液を一滴落とすと、それを舌でなすりつけてくる。

こんなことをされたのは初めてだった。

蓉子は指でひろげた尿道口を、舌先を押し込むようにしてなぞってくるので、まるで内臓をじかに舐められているような奇妙な快感がひろがってくる。

「ああ、くっ……奥さん……ツーッ！」

思わず呻くと、分身が温かくて、柔らかなものに覆（おお）われるのを感じた。

ハッとして見ると、蓉子が屹立をぐっと根元まで頬張っていた。

陰毛が唇に接するまで咥え込んで、それから、ゆっくりと引きあげていく。

適度な圧力でもって、下からなぞりあげられるだけで、戦慄（せんりつ）が走った。

「あっ、くっ……！」

「ふふっ、敏感ね。うちのとは大違いだわ。もっとも、最近はしていないから、忘れてしまったけど……」

蓉子が肉棹をいったん吐き出して、上からアーモンド形の艶めかしい目を向けてくる。

「えっ……課長とは、セ、セックスレスなんですか？」

「そうよ。こんな恥はさらしたくないけれど……事実なの。今夜も主人、酔っていたからその気になるんじゃないかって……でも、無駄だったわね」

悲しげな目をして、蓉子がまた唇をかぶせてくる。

(そうか……どうもおかしいと思った。普通なら、客が隣室にいるのに、女性のほうから挑まないものな。そうか、二人はセックスレスなのか……それで、部下である俺にこんな幸運が舞い込んできてるんだな)

ひとりで納得している間にも、蓉子のフェラチオに拍車がかかってきた。

大きく顔を打ち振って、唇をすべらせ、枝垂れ落ちた黒髪をかきあげて、ちらりと光一の様子をうかがう。その目がいやらしいほどに色っぽい。

しかも、蓉子は咥えながら、皺袋をやわやわとあやしてくる。

睾丸をさわさわされることが、こんなに気持ちいいことだとは知らなかった。

分身が口のなかで躍りあがり、それを感じるのか、蓉子はにこっとして、ますます激しく唇をストロークさせる。

ただ往復させるだけでなく、チューと吸い込んでくる。

そうやって口腔を狭くして、頬の内側の粘膜を勃起にまとわりつかせて、ストロークしてくる。

気持ち良すぎた。

たちまち追い込まれて、熱い塊がふくれあがる。

「ああ、ダメです。出ます。出ちゃいます」

訴える。すると、蓉子はいったん吐き出して、

「いいのよ。呑むから」

「えっ……いいんですか？」

「いいわよ。あなたは主人の部下だから、本番はできないけど、ごっくんくらいは大丈夫だから」

そう言って、また唇をかぶせてくる。

今度は明らかに射精を目的にして、根元を握りしごきながら、先端を短いストロークで頬張ってくる。

一瞬にして、快感が限界を越えた。

「おっ、あっ……出ます！」

おチンチンが爆発しているんじゃないかと思うくらいの衝撃が走り抜け、その後でそれが蕩けるような快美感に変わった。

そして、蓉子は躍りあがる肉棹を咥えたまま、こくっ、こくっと喉音を立てて精液を呑んでくれている。

気持ち良かった。しかし、射精してしまったんだから、これでもう終わりか……。

だが……。異変を感じた。

それは蓉子も同じらしく、ちゅるっと吐き出して、手の甲で口角についた白濁液を拭いながら、下腹部のイチモツを見て言った。

「あら？　全然、小さくならないわよ」

白濁液と唾液にまみれた肉柱は、確かにギンといきりたったままだった。

奇跡だ。奇跡が起こったとしか思いようがない。

「お、おかしいですね……」

光一も首をひねる。これまでも光一は比較的射精までの時間は短く、それでいて、しばらくすると回復して、わりと早く二回戦を挑むことができた。

しかし、口内射精してもギンギンのままなんてことは、これが初めてだった。

「確実に出したわよ。しかもいっぱい……呑みきるのが大変だったもの」

「きっと、奥さんが好きなんで、それで、こいつも……」

「そうかしら？」

蓉子は満更でもないという顔をして、いったん立ちあがり、壁に耳をつけて隣

室の様子をうかがい、

「大丈夫みたい。大きなイビキが聞こえるわ」

にんまりして、ネグリジェの裾をつかんで頭から抜き取り、一糸まとわぬ姿で近づいてきた。

（これは……いよいよ、挿入できるか！）

期待したそのとき、蓉子が訊いてきた。

「シックスナインできる？」

「はい……一応」

「じゃあ、そうしてもらえる？」

「あ、あの……そっちではなく、そ、挿入のほうは？」

「それはダメ。あなたは主人の部下なのよ。これで我慢して」

そう言って、蓉子が尻をこちらに向けてまたがってきた。ぐいと腰を突きだして、光一の下腹部の勃起をつかみ、亀頭部をちろちろと舐めはじめる。

「おっ、くっ……」

湧きあがる快感のなかで、光一は目の前にせまっている課長夫人の女の割れ目に見入った。

ぽってりとふくらんだ、いかにも具合の良さそうな肉びらがわずかにひろがって、鮮やかなサーモンピンクにぬめる狭間が大量の蜜にまみれて、ぬらぬらと光っていた。

（こ、これが熟女のオマ×コか……！）

光一がこれまで相手にしてきた女性器とは熟れ具合が違う。全体に肉付きがよくて、これなら挿入してもきっとうねうねとまとわりついてきて、気持ちいいに違いない。

もしかして、クンニで感じさせれば、『ああ、我慢できないわ。入れて』なんてことが起こるかもしれない。

光一は左右の尻たぶをつかみ、少し開かせながら、舐めやすいように引き寄せる。陰唇がひろがって、ぬっと赤い粘膜が現れ、そこを舐めると、

「ああん……！」

蓉子がびくっと震えて、顔をあげた。

（感じてくれている。よし、もっとだ……！）

もう二十六歳で、四人の女性を抱いてきたのだ。クンニくらいはできる。

光一はひろくて長いと言われる舌をべっとりと狭間に張りつかせ、下から上へ

と舐めあげる。

「ぁあぁん、いいわ……ひさしぶりだから、すごく感じる。ぁああ、もっと、もっとしてぇ」

蓉子が肉棹を握りしごきながら言う。

甘酸っぱい芳香を放つ女の園を舌でなぞり、下方のクリトリスらしきところを指で刺激してやると、蓉子はいっそう感じてきたのか、

「ぁああ、くっ……それ……上手よ。あなた、上手……ぁあああ、ぁああああああ……ねえ、我慢できない。指を、お指をちょうだい」

大きなハート形の尻をくなっ、くなっとよじって、せがんでくる。

「ゆ、指じゃなくて、おチンチンではダメですか？」

「……ダメよ。それはダメ……これで我慢して」

蓉子が顔を伏せて、いきりたちを頬張ってきた。温かな口腔で包み込みながら、ゆったりと顔を打ち振る。

湧きあがる快感をこらえて、光一も中指と薬指を合わせて、膣口に押し込む。ぬるりとすべり込んでいった指を蕩けた粘膜がぎゅ、ぎゅっと締めつけてきた。

（ああ、ここに入れたい！）

願望を込めて、膣肉の上側を指腹で擦りあげ、さらに、ぐるりと半回転させて、今度は下を指で擦る。

こっちにはＧスポットがあるから、いっそう感じるはずだ。

膣から少し入ったところに、ざらさらと粒立っている箇所があって、そこを指腹で擦っていると、

「ああ、そこ……そこをかるく叩いてみて、お願い」

蓉子が肉棹を吐き出して言う。

「こう、ですか？」

下側の粘膜をノックするように指を叩くと、

「ぁああ、それよ、それ……ぁあああ、ぁあああ……イキそう……イクわ……っづけて、そのまま……」

蓉子はそう口走りながらも、光一の勃起にしゃぶりついてきた。

「んっ、んっ、んっ……」

顔を激しく打ち振る。

「おおぅ、くっ……！」

またあの射精前に感じる逼迫感が押し寄せてきた。

うねりあがる快美感に身を任せたい。しかし、蓉子にもイッてほしい。ともすれば休みがちになる指を叱咤して、Ｇスポットをつづけざまに叩いたとき、

「んんんんっ……んっ、んっ……うごっ！」

くぐもった声を洩らした蓉子が、背中をしならせて尻を突きだしながら、がくっ、がくんと震えている。

絶頂を迎えているのだ。

びっくりしたのは、蓉子がエクスタシーに達しながらも、勃起を頬張ったままで、しかも、チューと吸ってくれていることだ。

「おおぅ……くおおっ！」

吸われるがまま下腹部をせりあげ、ぐいっと口腔をえぐりながら、光一も二度目の射精を迎えていた。

蓉子はいまだ絶頂の余韻をひきずって、がくがくしながらも、精液をこく、こくっと呑んでくれている。

（すごすぎる……二度も呑んでくれている！）

放ち終えると、光一は体から欲望が消えていくのを感じた。

「三度目は無理みたいね」

蓉子は小さくなった肉棹を吐き出して言い、ネグリシェを着ると、

「このことは，絶対にこれね」

口の前に人差し指を立て、にっこりして部屋を出ていった。

第二章　オフィスで上司と部下が

1

（ああ、また池谷課長の家に泊まりたい）

会社を出て、地下鉄の最寄り駅にいたる道をふらふら歩きながら、光一はふとそう思った。

課長の家に泊まり、課長夫人である蓉子の手厚い接待を受けて十日が経過していた。

今、光一には恋人と呼べる女も、一緒に呑んでくれるようなガールフレンドもいない。そのせいか、あの一件があってから、何かにつけて、蓉子のことを思い出してしまう。

課長は今、『日本茶のブランド化プロジェクト』を立ちあげる前段階としてのデータ集めに忙しいらしく、その一員から外れている光一にはさっぱりお呼びがかからなくなった。

課長は今夜も残業で、データ整理をしているらしい。

（ああ、クソッ！　どうして俺がメンバーから外れるんだ！）

光一はもともと緑茶の愛好家であるし、勉強もしているから、日本茶に関する造詣は深い。どこの地方のどの銘茶がどんな味なのかも、だいたいわかっている。

『日本茶のブランド化』に自分ほど最適な男はいない。

（やはり、課長の腰巾着と見られていて、仕事の実力はまったく評価されていないんだろうな。もう少し、積極的になるべきかもしれない）

そんなことを思いつつ、地下鉄の駅でICカード機能を持ったスマホを出そうとしたとき、スマホがポケットに入っていないことに気づいた。

「うん……？」

自動改札の前で立ち止まり、あらゆるポケットや鞄のなかを捜したものの、見つからない。

（そうか……あのときか！）

終業間際にスマホで、スケジュールを確認した。

あのとき、会社の電話を受けて話したから、スマホを出したままポケットにしまい忘れたに違いない。

見られてはいけないようなデータが入っているわけではない。しかし、明日までスマホなしというのは大変困る。

光一はUターンして、今来た道を戻っていく。

人の流れに逆らうように歩いて十五分、八階建ての自社ビルが見えてきた。

K物産は専門商社とは言え、一応商社の端くれなので、自社ビルくらいは持っている。

エレベーターに乗り、六階で降りて、オフィスに戻る。

池谷課長が残業をしているはずだが、なぜかオフィスにその姿はない。

頭をひねりながら自分のデスクに置き忘れていたスマホをつかみ、ポケットに入れる。

しかし、課長の姿がないのが気になる。

（そうか……会議室か）

会議室で誰かと打ち合わせをしているのかもしれない。

（一応、挨拶でもしておくか）

パーテーションで区切られた会議室に近づいていくと、なかから、男と女の声をひそめたような会話が聞こえてきた。

（ああ、やはり、ここだったか……）

パーテーションには大きな窓がついている。入室する前に、窓から会議室を覗き込むと――。

背広を着た男とビジネススーツの女がキスをしていた。

男のほうはその背格好から、池谷課長だとわかった。そして、女のほうは……。

二人が顔を離したとき、誰かがわかった。

佐々木玲香だった。

我が社の花である玲香が、こちらを向く形で課長に何か言っている。内容は聞こえないが、いやがっている様子はまったくなく、すごく親しげに話している。

ストレートロングの黒髪をかきあげて課長を見る玲香の目は明かに潤んでいて、女そのものだ。

玲香のこんな表情を見たのは初めてだった。

（できてるよな、これって……）

光一はあわててパーテーションの壁に身を隠した。

（まさか、課長と玲香さんがこういう仲だったとは……）

びっくりしすぎて、心臓がドクドク言っている。

落ち着きを取り戻すと、これまで見過ごしてきたことがはっきりと見えてきた。

（そうか……蓉子さんが課長は全然手を出してくれないと言っていたけど、課長は玲香さんとできてるから、奥さんを抱く気にならなかったんだ）

玲香は仕事面でも、課長の片腕的存在であり、確かに呑み会にも多く参加していた。

それに、玲香は二十九歳の独身で、爽やかな美人である。

課長が手を出しても、おかしくはない。しかし、玲香がこう言っては失礼だが、課長ごときを受け入れるとは——。

きっと、課長には光一にはわからない魅力があるのだろう。

このまま去るべきだ。見なかったことにして、出ていくべきだ。しかし……。

光一はしゃがんで、窓から慎重に顔を出した。

向こう側の椅子に座った課長のおチンチンを、玲香がしゃがんで頬張っていた。

頭をガーンと大きなハンマーで殴られたようだった。

（あの玲香さんが、課長のおチンチンをしゃぶっている！）

目眩がしてきた。

しかし、目眩がおさまると、視線が外せなくなった。

光一は二人をほぼ真横から見ているので、玲香の肉棹を咥えている横顔がよく見えた。

玲香は深々と肉棹を頬張り、ゆっくりと唇を引きあげていく。

課長が何か言って、玲香が頬張ったまま見あげる。

アーモンド形の切れ長の目で上目づかいに課長を見て、にっこりした。

（ああ、笑ってる！　あの玲香さんがおチンチンをしゃぶりながら、微笑んでいる！）

股間のものがブリーフを押しあげてきた。それは一瞬にしていきりたって、ズボンをも持ちあげる。

同じことを体験した気がする。そうだった。

この前、課長の家で、蓉子のフェラチオとオナニーを覗いたのだった。

（俺、あのときと同じことをしているな……）

若干の情けなさと罪悪感を抱いた。しかし、そんなものは目の前の圧倒的な行為の前ではあっと言う間に消えてしまう。

（おぉぅ、色っぽすぎる！）

玲香が髪をかきあげ、課長を見あげながら、唇をすべらせる。

そのほうが見あげやすいのか、顔を斜めにしているので、課長の肉棹が口腔に出たり、入ったりするのが見える。

しかも、歯磨きフェラのようになって、その頬がぷっくりとふくらんで、顔を振るたびにそのふくらみが移動するのだ。

課長はそんな玲香を愛おしそうに見ている。

蓉子に対する視線とは全然違う。いかに、課長が玲香に骨抜きにされているかが伝わってくる表情だった。課長の気持ちは玲香に移ってしまっているのだろう。

（蓉子さん、可哀相に……。待てよ……それなら、俺が蓉子さんを抱いたっていいんじゃないか？　課長はダメだって言えないだろ）

もう一度、蓉子さんに逢いたい。そして、今度は……。

そう思いつつも、覗きつづけていると、玲香が大きく早く顔を振りはじめた。両手を課長のひろがった太腿に添えて、口だけで追い込もうとしている。

ただ唇をすべらせるだけでなく、吸引してもいるのだろう。頬骨が浮きでるほど頬を凹（へこ）ませながらも、リズミカルに顔を打ち振る。枝垂れ落ちたストレートヘアがばさっ、ばさっと揺れている。

（ああ、きっと気持ちいいだろうな……）

この前、蓉子にフェラチオされたときの記憶が残っているから、余計にそう思ってしまう。

課長はうっとりとして目を閉じていたが、目を開いて、何か言った。

玲香がうなずいて立ちあがった。

2

玲香がブラウスの胸ボタンに手をかけて、ちらりと窓のほうを見た。

とっさに、光一は頭を引っ込める。多分、見つからなかったはずだ。

きっと玲香も周囲を警戒しているのだろう。就業時間を過ぎているとはいえ、誰かが来ないとも限らないからだ。そんな危険をおかしても、課長とオフィスセックスをするのだから、よほど二人は深い関係なのだ。

そろそろと顔を突きだす。

見えた。会議用の長テーブルにあがって、玲香がすらりと長い足を大きく開き、その前にしゃがんだ課長が太腿の間に顔を埋めている。

スリットが入ったタイトスカートがたくしあげられていた。

横から見る形なので、はっきりとわからないが、課長の顔が微妙に縦に揺れているから、おそらくクンニをしているのだろう。

課長の顔が動くたびに、玲香が「ああ、ああ」と喘いでいるみたいに顔をのけぞらせる。

ストレートロングの髪が張りつく横顔は美人特有のシャープなラインを描いていて、その顔がぐぐっ、ぐぐっと持ちあがる。

そして、テーブルに乗っている肌色のストッキングに包まれた足の親指も、同じように反りかえる。

玲香が片方の手で、自らの胸を揉みはじめた。

ブラウスの胸をはだけ、濃紺のブラジャーをたくしあげ、あらわになった乳房を自ら揉みしだいている。

横から見る乳房は、上側の直線的な斜面を下側のふくらみが持ちあげたようなエッチな形をした美乳で、光一はこくっと生唾を呑む。

と、課長が立ちあがって、乳房を揉みはじめた。

たわわなふくらみを下から持ちあげながら、何か言った。

玲香が微笑んで、それを見た課長が腰を屈めて、乳房にしゃぶりついた。

三角に尖った先端を頬張り、吐き出して、舐めはじめた。するとと、玲香が顔をのけぞらせて、「あっ、あっ、あっ」と喘いでいるのがわかる。

（おおぅ、たまらない！）

光一はオフィスを見まわして人影がないことを確かめ、ズボンのベルトをゆるめた。ブリーフのなかに手を突っ込んで、いきりたちを握った。

握っただけで、途轍もない快感が迸った。

ゆっくりとしごくと、早々と射精しそうになる。それを必死にこらえて、二人を覗き見た。

課長が玲香をテーブルからおろして、後ろ向きにテーブルにつからませた。そして、腰をぐいと引き寄せたので、玲香の背中がしなった。

タイトスカートがまくりあげられて、玲香の尻があらわになった。

玲香は太腿までの肌色のストッキングを穿いていた。パンティは脱がされていて、充実したヒップが丸見えになっている。

横から見る形なので、丸々とした尻から繋がったすらりと長い足のラインが目に飛び込んでくる。

（ああ、きれいだ。それに、エロい……）

課長が玲香に夢中なのも、この素晴らしい肉体のせいだ。いや、身体だけでなく、玲香は切れ者で仕事はできる。それに、この垂涎ものの身体――。

玲香のほうからせまったのかどうかわからないが、こんな才色兼備の女性にせまられたら、課長だけでなく、どんな男だって落ちるだろう。

ズボンを膝までおろした課長が、尻の後ろにしゃがんで、またクンニをはじめた。顔が上下に動くと、

「あっ、あっ……ぁあああ！」

と、玲香が喘ぎながら顔をのけぞらせる。

その喘ぎ声が今度はかすかに聞こえたから、きっと無意識に声が大きくなってしまっているのだろう。

まっすぐに伸びていた美脚が震えはじめ、膝ががくっ、がくっと落ちそうになっている。

課長が立ちあがって、真後ろについた。

そして、膣口の位置を確かめながら、勃起を押しつけ、ゆっくりと腰を進めた。

肉柱が尻の底に消えていき、

「ぁあああぁっ……！」

玲香が顔をのけぞらせて喘ぎ、いけないっとばかりに口を手の甲で押さえる。

課長が覆いかぶさって耳元で何か囁き、玲香がいやいやをするように首を振った。

うすら笑いを浮かべながら課長が上体を立てて、静かに腰を振りはじめた。

二人のセックスをほぼ真横から見る形なので、課長がのけぞりながら腰を叩きつけるところも、乳房を揺らした玲香が「あん、あん、あん」と声をあげるところも、その一部始終が目に飛び込んでくる。

光一はしばらくの間、ぽかんと口を開いて、その姿を眺めていた。

男女がファックするところを実際にこの目で見るのは、初めてだった。それはAVとかの映像を見るのとは全然違って、ナマの迫力があり、また、二人がよく知っている男女なだけに、その衝撃は大きかった。

ハッとして我に返った。

ほんとうはこのまま立ち去るべきだ。会社の上司と先輩ＯＬの不倫現場など、一目見れば充分だ。しかし――。

動けない。そして、股間のものはますますギンギンになって、先走りの粘液がこぼれているのがわかる。

(こんなことしちゃ、ダメだよな)

自分を責めながら、その灼けるように熱くなったイチモツを握りしごいた。

信じられないほどの快感がうねりあがってきた。

昂奮で霞む視界のなかで、小柄な課長が伸びあがるようにして、激しく腰を叩きつけている。

(課長、まだこんな力があったのか?)

池谷課長は老け顔だから、歳より老けて見えるものの、実際はまだ四十五歳。このくらいの激しいセックスができても不思議ではない。

課長がのけぞりながら強く下半身を打ちつけて、

「あんっ、あんっ、あんっ……!」

両手でテーブルの縁をつかんだ玲香が、身体を弓なりに反らせて、揺れながら喘ぐ。その声が、パーテーションの窓ガラスを通して、聞こえてくる。

(ああ、玲香さん、こんなセクシーな声を出すのか……!)

玲香は普段はどちらかというとクールビューティである。その美女がいざとなるとこんないやらしい声をあげるのだ。そのギャップにいっそう燃えてしまう。

ズボンのなかで、イチモツをしごいた。

いつもより断然気持ちいい。先走りの液が指で伸ばされて、しごくたびにネチャネチャ音を立てる。

会議室では、課長が前に屈んで、玲香の剥きだしになった乳房を両手で揉みしだいている。横から見ているので、その尖った乳首を課長の太い指がつまんで引っ張り、くりくりと捏ねまわしているのが見える。

そして、乳首を強く捏ねられるほどに、玲香は感じるのか、

「ぁあああ、ぁあああ、いいのよぉ……！」

今にも泣きださんばかりの表情で、喘ぐように言う。

課長が何か言ったのだろう。玲香が後ろに首をねじった。

課長が覆いかぶさるように唇を重ねる。

(そうか……バックからでもキスができるんだな)

光一はバックから打ち込むことで精一杯で、キスなんてしたことがなかった。

課長が胸を揉みながらぐいと持ちあげたので、玲香の手がテーブルを離れた。

二人は依然としてキスをつづけている。

そして、玲香は乳房を左右の手で揉まれ、顔をひねってキスしながらも、尻だ

けを突きだして、挿入が解けないようにしているのだ。

エロすぎた。

ただエロいだけではなく、玲香のボディの描く曲線は美しくもある。

二人の唇が離れると、課長は両手で乳房をがっちりと鷲づかみしながら、下から突きあげる。

「んっ……んっ……んっ……ぁあああ、ダメっ……声が出ちゃう！」

玲香がそう言いながら、窓のほうを見た。

（あっ……！）

光一は玲香がこの瞬間にこちらを見るとは思っていなかったので、顔を引っ込める時間がなかった。

二人の視線が合ってしまった。

玲香が凍りついたように、窓越しに光一を見ている。光一も動けなかった。

玲香が課長に何か言って、課長がこちらを見た。

細い目がギョッとしたように見開かれる。

（ああ、どうしよう……！　見つかってしまったぞ！）

その場を離れようとしたとき、会議室のドアが開いた。

「佐藤くん！　待ってくれ」

声がするほうを振り返ると、足元にズボンがからまった課長がよたよたと歩いてくるところだった。

足がもつれて、バタンと前に倒れた。

ひどいこけ方だったので、さすがにスルーできなくなって、

「大丈夫ですか？」

と、歩み寄っていく。

「ああ、大丈夫だ」

課長はズボンとブリーフをあわてて引きあげながら、立ちあがった。

「ちょっと話がある。少し待っていてくれ」

そう言って、課長は会議室に戻って、玲香に何か言い聞かせているようだった。

玲香はさすがに恥ずかしいのか、姿を現さない。

しばらくして出てきた課長が、

「行こう」

と、光一の肩に手を置いた。

3

二人はいつも利用する居酒屋の個室で、座卓を挟んで胡座(あぐら)をかいていた。

真っ先に頼んだ生ビールが来ても手をつけることもしないで、池谷課長がいきなり後ろにさがって、両手を畳に突き、

「さっき見たことは黙っていてくれ。頼む。このとおりだ」

額を畳に擦りつけた。

「……課長、やめてください。部下に土下座するなんて……頭をあげてください」

光一が言うと、課長が静かに頭をあげた。

「俺は課長の部下ですよ。上司が不利になるようなことを公言するわけがないじゃないですか」

「そうか……すまんな」

「それより、玲香先輩とはいつからできてるんですか？　すみません。事情を知っておきたくて」

「……じつはな……」

課長の話によれば、二年前だと言う。

玲香がうちの課に移ってきて、いまだ彼女の実力が発揮されないでいたとき、玲香のほうから、自分は仕事のできる女だから、もっと信頼して仕事を任せてほしいという申し出があり、難しい商談を任せたところ、見事に話をまとめてきた。

その後、二人だけで祝勝会を開いた。そしてその夜、

『これもすべて課長のお蔭です。お礼をさせてください』

と、しなだれかかられて、ホテルに誘ったところ玲香はついてきた。

その夜のことは、課長もいまだ忘れられないのだと言う。

「とにかく、セックスが上手くてな。情熱的だし、ご奉仕もしてくれるし、テクニックもあるし……それで、俺も……わかるだろ？　それからだよ。彼女に仕事を任せるようになったのも。今じゃあ、俺の右腕だよ。もっとも，そろそろ昇進するだろうから、そうなると、俺のことなんか相手にしてくれなくなるだろうけどな」

最後に、課長は自嘲気味に言った。

それを聞いて、光一は複雑な心境になった。

　佐々木玲香が積極的に自分を売り込み、しかも、その『お礼』として課長に肉体を提供し、それ以降、ますます仕事を任せられるようになったというのも、これまで玲香に対して抱いていたイメージとは違った。

　想像していたより、遣り手なんだな、という驚きと感心だ。

　だが、課長は恵まれすぎていて、いささか妬みを感じた。

　だからだろう、そのまま課長の不倫を見過ごすのは、甘すぎる気がした。

　そうしてしまうと、逆に自分のなかには課長への不満が残る。だったら……。

　そうか、交換条件を出せばいい。そうすれば、お互いにギブアンドテイクで、課長への不満も残らないはずだ。

　交換条件としたら、何がいいだろう？

　押し黙っている課長を見ているうちに、そうだ、あれしかないと思い当たった。

　課長にはつらいことかもしれない。しかし、これも課長がいけないんだ。自業自得ってやつだ。

　しかし、こんなことを持ち出したら、自分がすごい悪者になってしまう。

　言い出そうとしてためらっていると、課長が言った。

「何だ？　何か言いたいことがあったら、言いなさい」

「その……あの……」

「何だ？」

「……課長の、お、奥さんを……その、だ、抱かせてください！」

断崖絶壁から飛びおりる気持ちで切り出すと、課長が、エッという顔をして、光一を見た。それから、確かめるように言った。

「……奥さんって、蓉子のことか？　あいつを抱かせろって言うのか？」

課長の眉間に深い縦皺が刻まれている。それはそうだ。いくら、不倫を目撃された代償だとしても、自分の妻を部下に抱かせるなど、普通はあり得ない。

「……これは、課長が、ふ、不倫をなさってることがわかったから、俺も告白するんですが……じつはこの前、課長の家に泊まらせてもらったとき、奥さんに、蓉子さんにあそこを咥えてもらいました」

思い切って言うと、課長がぽかんと口を開いた。

「すみません」

今度は光一が謝る番だった。後ろにさがって、額を畳に擦りつけて言う。

「俺、課長の奥さんに一目惚れして……隣の部屋で物音がしたんで、ついつい覗いちゃったんです、ベランダから……そうしたら、奥さんが寂しそうにオナニーなさっていて、それを覗いているところを見つかってしまって……そうしたら、奥さんが隣の部屋に来てくれて、俺、もう昂奮しちゃって。押し倒そうとしたら、それはダメだって……でも、お口でならって奥さんが……それで、出したら、奥さんが呑んでくださって……そのとき、奥さんがおっしゃっていました。もうしばらく夫婦の夜の生活が途絶えていて、欲求不満なんだって……そうしたら、今日、課長がオフィスで玲香先輩とアレしてて……だから、ある意味、納得がいったんです。それで、あの……」

　課長は当然怒るだろうと思っていた。しかし、課長はこう言った。

「なるほどな……それで、うちのやつが放っておかれてるから、それなら、僕がって考えたんだな」

「はい……」

「ふうん……」

　課長は生ビールをぐびっと呷って、思案に耽っていたが、やがて、言った。

「いいぞ」

「えっ……？　ほんとにいいんですか？」

「ああ……蓉子を抱かせてやる。その代わり、今日見たことは絶対に口外するな。

口が裂けてもな」

「はい、もちろん。約束します」

課長はうんうんとうなずいて、まさかの条件を提案してきた。

「ただし……俺の見ているところで、あいつを抱いてやってくれないか？　いや、実際に見えなくてもいいから、雰囲気さえ感じとれればいい。そうだな、夫婦の寝室でやってくれ。俺は気づかずに眠ってるフリをするから」

光一は内心で頭をひねった。

（この人、いったい何を言っているんだ。普通は隠れて、そっとやってほしいだろう。光一がその立場になったとしても、恋人や妻が他の男に抱かれているところなど絶対に見たくない。なのに……）

光一はもう一度確認をした。

「同じ部屋でしないと、ダメなんですか？」

「ああ、そうだ。それが、絶対条件だ。それができないなら、この話はなかったことにする」

急に課長が上から目線で物を言いはじめた。

「……でも、奥さんがそんなこといやだと思いますが……」

「それは……俺のほうで何とかする」

「何とかするって？」

「いいから。俺に任せろ。日時は追って連絡するから。わかったな？」

「はい……」

「よし、これで商談成立だ。カンパイと行こうじゃないか」

課長が差し出した生ビールのジョッキに、光一もジョッキを合わせて、ごくっ、ごくっと呑む。まだまだ冷えているビールが渇いた喉を潤していった。

4

一週間後の深夜、光一は池谷課長の家で、シャワーを浴びていた。

課長からゴーサインが出て、今夜、二人で終電過ぎまで呑み、課長の家に泊めてもらうことになったのだ。もちろん、これは計画的なことで、来る道すがら、課長には『ほんとうに大丈夫ですよね？』と何度も念を押した。

『大丈夫……俺は寝たフリをしているから、佐藤は寝室に忍び込んでこい』

そう課長は自信満々に言うので、

『蓉子さん、びっくりして大声あげるんじゃないですか？　俺、訴えられたりしませんかね？』

と、念を押したところ、

『大丈夫。妻には言い聞かせてあるから……心配しないで、夜這いしにこい』

課長は確信あり気に言った。

と言うことは、光一が夜這いにいくことが、蓉子に何らかの形で伝えてあって、承諾を取っているということだろうか？

しかし、いくら何でも、妻が夫の目の前で他の男に抱かれることを了解するとは思えないのだが……。

疑問に思いながらも、課長にこれだけ強く出られると、それ以上は訊けなかった。

もしかして、と思ったのは、課長がシャワーを浴びた後で、蓉子が光一に、『シャワーを浴びていらっしゃいな』とシャワーを勧めたことだ。

これは今までなかったことだった。

今もシャワーで全身を洗い清めながら、光一は、蓉子が今夜の夜這いを知っている確率が高いと思っている。

とくに股間は石鹸を使って念入りに洗い、光一はバスルームを出る。

課長はとっくにシャワーを浴び終えて、二階の寝室で寝ている。

洗面所兼脱衣所で、用意されたパジャマを着て、リビングに行くと、蓉子が待ち構えていて、

「わたしもシャワーを浴びてから、寝室に行くから。そうね、あと三十分後かしら……ああ、そうだ。あなたの歯ブラシも用意してあるのよ。洗面所にあるから、わたしがシャワーを浴びている間に歯を磨いていいわよ」

蓉子はそう声をかけて、ちょっと恥ずかしそうに微笑んだ。

その様子を見て、ああ、これは絶対に夜這いを期待されている、と思った。

蓉子がバスルームに向かい、光一もしばらくしてから、洗面所に行く。

すると、バスルームのスリガラスを通して、蓉子がシャワーを使う音が聞こえ、肌色のシルエットさえも透けでている。

これは、絶対に見せつけているのだ。

何がどうなっているのかよくわからないところもあるが、一目惚れした人妻が積極的な姿勢を見せているのだから、ここは乗るべきだ。

洗面台に置いてあった新しい歯ブラシの封を切って、歯磨きクリームを搾りだ

して、シャッ、シャッと歯を磨く。

歯ブラシを当てながら見ると、スリガラスを通して見えるシルエットがしゃがんで、頭を洗っているようだった。

今、このドアを開ければ、蓉子が素っ裸で髪を洗っているのだ。開けたい。そして、見たい。

そんな気持ちを押し殺して歯磨きをしていると、股間のものがむっくりと頭を擡(もた)げてきた。

この前は、課長と玲香の会議室でのセックスを覗き見て、ひどく昂奮した。光一はこのところ刺激的な光景を見てはいるが、実際にセックスをしたわけではない。女体のなかにおチンチンを突っ込んではいない。

きっとそれで、欲求不満がピークに達しているのだ。

ここで乱入して、とも思ったが、課長から『自分の目の前でやってくれ。それが条件だ』と言われていたことを思い出して、踏みとどまった。

逸(はや)る気持ちを抑え込んで、ウガイをして、廊下に出て、二階へとつづく階段をあがっていく。

畳に敷いてある布団の上で、昂奮を抑えながら輾転としていると、蓉子が廊下を歩く足音が聞こえて、隣室の夫婦の寝室に消えていった。

（来たぞ！）

時計を見ると、あれからちょうど三十分経過している。

しかし、まだ早い。もう少し待とう。

じりじりして待って、もういいだろうと布団を離れた。

抜き足差し足で夫婦の寝室に近づいていく。様子をうかがった。すると、課長のグーッ、ゴーッというイビキだけが聞こえてくる。

（なんだ、課長、待てずに寝ちゃったのか？　いや、狸寝入りってことも考えられる。どちらにしても、ここは前進あるのみだ）

光一は寝室のドアをそっと開ける。

薄暗い明かりのなかで、二つのベッドの上に課長と蓉子が別々に寝ているのがわかる。向こう側のベッドの課長はこちらに背中を向けるようにして横臥し、時々、イビキをかいている。

そして、蓉子はこちら側のベッドで上を向いて、目を閉じている。どうやら、白いシースルーのネグリジェを着ているようだ。

課長は大丈夫だからと言ったが、それでもやはり夜這いは緊張する。粘っこい汗が一気に噴きでてきた。

とにかく音を立てないように、ベッドに近づいていく。

蓉子は目を閉じたまま、動かない。

課長も背中を向けて横臥したまま動かない。

（やめようか……）

一瞬弱気になったが、ここまで来たらやるしかない。おそらく、そういう話がついていて、蓉子だって期待しているのに違いない。

そろそろとベッドにあがって、掛け布団をいったん外すと、白いネグリジェを着た蓉子が足を少し開いて、目を閉じていた。きっとノーブラなのだろう、シースルーの布が胸の形にふくらみ、頂上の突起がそれとわかるほどに飛びだしている。

不思議なのは、ここまでしても、蓉子がいっこうに反応しないことだ。たとえぐっすり寝ていたとしても、普通はこうなったら気づくはずだ。

と言うことは、おそらくわかっていて、寝たフリをしているのだ。

（だったら……）

光一が四つん這いの形で覆いかぶさっていったとき、蓉子の手がするすると伸びて、掛け布団を光一の上からかけた。

（やはり、起きていたんだ！）

そのとき、蓉子が光一にかぶさっていた掛け布団をさらに引き寄せたので、二人は掛け布団にすっぽりとおさまった。

かるくて薄いから、羽毛布団に違いない。しかも、大きい布団なので、蓉子も光一も覆われてしまう。

目が暗さに慣れてくると、蓉子がアーモンド形の目を見開いて、下から光一を見つめていることがわかった。白目が浮きあがり、隙間から差し込むわずかな明かりを受けて、濡れたような瞳がきらきらと光っている。

蓉子の手が伸びてきて、光一の顔を挟みつけるようにしてキスをしてきた。

布団のなかでのキスだ。

蓉子は微妙に位置を変えながら、柔らかな唇を押しつけて、ついには自分から唇をちろろろと舐めてくる。

（ああ、すごいぞ……！）

光一もそれに応えて、舌を差し出して、からめる。すると、蓉子はますます情熱的になり、光一の舌を頬張るようにして吸う。

いつの間にか、蓉子の足が光一の腰にからみついていた。

もう放さないわよ、とばかりに、踵で光一の腰を押して引き寄せ、濡れた局部をぐいぐい擦りつけてくる。やはり、ノーパンなのだ。

掛け布団に隠れているから、きっとこんなに奔放なことができるのだろう。しかし、それにしても激しい。

やはり、課長は妻の火照った身体をいまだに慰めていないのだと思った。

光一もキスをしながら、ネグリジェ越しに乳房をぐいとつかんだ。

ほとんど見えないから、勘に頼っている。

すべすべの生地の上から、たっぷりとした量感を誇るふくらみを揉みしだき、頂上の突起をつまんで捏ねる。

「んんんっ……んんんんんっ……」

合わさった唇からくぐもった声を洩らして、蓉子は光一の頭や背中を情熱的に撫でさすってくる。

その頃には、光一のイチモツはもうギンギンで、痛いほどにパジャマを押しあげていた。

それが太腿を突いたのだろうか、蓉子の手がおりてきて、パジャマ越しに勃起をつかんだ。それがいきりたっているのを知ると、今度はブリーフのなかへと手をすべり込ませて、じかにそれを握ってくる。

ゆっくりとしごくので、光一の分身は早くも先走りの粘液が滲み、それが指で延ばされて、くちゅくちゅと淫靡な音を立てる。

だが、このままつづけられたら、あっと言う間に出してしまいそうだ。

その前に、恋い焦がれる課長夫人をもっと感じさせたい。

光一はキスをやめて、顔をおろしていき、ネグリジェの上から乳房にしゃぶりついた。明かにノーブラだとわかるふくらみをモミモミしつつ、ぽちっとせりだしている突起を頬張り、チュッーと吸って吐き出すと、

「ぁあん……！」

蓉子が声をあげてしまい、いけないとばかりに手の甲を口に当てる。

確証はないが、おそらく夫婦の間には話がついているはずだ。夫が認めてくれていると知りつつも、やはり、夫には他の男とするときのあさましい声を聞かれたくはないと思うのが、女心なのだろう。

しかし、そうなると、男は逆に喘ぎ声を放たせ、それを夫に聞かせたいと思うものらしい。

光一はたっぷりと左右の乳房を揉みしだき、各々の乳首を舐めしゃぶった。

それだけで、蓉子は「くっ、くっ……」と必死に声を抑えている。

ネグリジェの乳首が当たる部分を唾液でべとべとにしてから、ノースリーブのネグリジェの前をはだけさせ、ぐいと押しさげた。

左右の腕を抜き取ると、もろ肌脱ぎの状態になって、たわわな乳房がぶるんとこぼれでてきた。

そのなめらかな白さが薄暗がりのなかに浮かびあがり、左右の乳首が乳輪とともに浮かびあがる。

光一はたわわなふくらみに顔を埋めて、ぐりぐりしながら、もう片方の乳房を荒々しく揉みしだく。

それから、そこだけが色づいている乳首を頬張り、吐き出して、舌で上下左右に撥ねる。すると、それが感じるのか、

「ぁあああああ……いいの、いいのよ……くうぅ……くうぅぅ」

蓉子は布団のなかで、必死に声を押し殺しながらも、下腹部をせりあげて擦りつけてくる。

光一が口の前に人差し指を立てると、

「ゴメンなさい」

小声で言って、両手で口をふさぐ。

光一は一方の乳首を舌で転がしながら、もう片方の乳房を揉みしだき、指で突起を捏ねる。それをつづけていくうちに、

「うぐぐ……うぐぐ……くぅぅぅ」

蓉子は布団のなかで必死に両手で口を押さえながらも、くぐもった声を洩らし、下腹部をせりあげる。

「クンニしていいですか？」

小声で訊くと、蓉子は大きく顔を縦に振る。

それならばと、光一は布団のなかに潜り込んでいき、膝をつかんで蓉子の足を持ちあげる。布団があがって隙間ができ、差し込んでくる明かりで、だいたい見える。

白いネグリジェの裾がまくれあがり、ハの字に開いた太腿の奥に漆黒の翳りが繁茂し、さらにその奥に女の花芯が息づいていた。

布団がずり落ちないように気をつかいながら、翳りの底に顔を埋め込んだ。

そこはすでにとろとろの蜜を吐き出していて、舌でなぞりあげると、ぬるっと

すべって、

「ぁあああ……！」

布団のなかで、蓉子の感極まったような声が弾け、下腹部がもっとちょうだいとばかりに、ゆっくりと持ちあがってくる。

いったんやめて焦らすと、腰が「ねえ、ねえ」とせがむように左右に振れ、上下にも揺れる。

クンニにかかる前に、ふと課長は今、どうしているのだろう、と思った。

眠っていることは考えにくい。だいたいさっきのイビキだって、わざとらしかった。

相変わらず背中を向けて、聞き耳を立てているのだろうか？　それとも、二人が布団に潜っているから、見てもわからないだろうとこちらにギラギラした目を向けているのだろうか？

気にならないと言えば、ウソになる。

しかし、それでもって罪悪感が湧くことはないし、逆に、課長に見せつけてやろう、喘ぎ声を聞かせてやろうという気持ちが湧いてくる。

薄暗がりのなかで、はっきりと見えない花園を舐めつづけた。

おびただしい蜜をたたえた狭間に舌を幾度も走らせ、さらに、膝をつかむ手に力を込めて腰を持ちあげて、下方の膣口にも舌を届かせる。

そこは、甘酸っぱくて濃厚な芳香を放ち、それが密閉された空間にこもって、男を悩殺するようなフレグランスとなって、光一の鼻孔に忍び込んでくる。

（ああ、いい匂いだ……これが、女のフェロモン臭か……）

膣口の周辺を舐めまわし、舌を細くして膣のなかにできる限り潜らせて、抜き差しをする。ねちゃねちゃと淫靡な音がして、

「くっ……くっ……ぁああ、それ、ダメっ……いや、いや、いや……欲しくなっちゃう。ねえ、ねえ……」

布団のなかで、蓉子が顔を持ちあげて、自分の股の間にいる光一を潤みきった目で見つめている。その瞳の煌き（きらめき）がわかる。

光一としても打ち込みたい。しかし、その前にどうしてもやってほしいことがあった。

フェラチオである。この前、蓉子の口唇愛撫の素晴らしさを体験しているから、あれをまた味わいたくなる。

「その前に……く、咥えてもらえませんか？」

小声で言う。

すると、蓉子がしょうがないわね、という顔をして、服を脱ぐように小声で言う。

5

光一は甲羅を背負った亀のように布団をかぶったまま、苦労してパジャマと下着を脱いだ。

光一が仰向けに寝ると、蓉子が下半身のほうにまわって、這うようにしてしゃがみ、いきりたちを握ってしごいてくる。

「おっ……あっ……」

たちまちうねりあがってくる快感に、光一は声を押し殺しながら呻く。

隣のベッドが気になって、布団から顔を出して見ると、課長は依然として、こちらに背中を向けて横臥している。しかし、さっきまでのイビキはもう聞こえないから、きっと聞き耳を立てて、場面を想像しているのだろう。

光一には課長の気持ちがまるでわからない。

もし自分が課長の立場だったら、絶対にこんなことはしない。自分の恋人か妻が、他の男に寝取られようとしているのだから、きっと耐えられなくなって、男を追い出すだろう。

課長には光一の理解できない性癖があるのだろうと思った。

「んっ、んっ、んっ……」

足のほうからくぐもった声が聞こえた。

ハッとして見ると、布団の薄暗がりのなかで、蓉子の白い顔がさかんに上下に動いているのがわかる。

それにつれて、ジーンとした痺れるような快感がひろがってきて、課長のことなど頭から消えていった。

(ああ、気持ち良すぎる……！)

目を瞑りそうになるのを、いや、これは貴重な経験なのだからと懸命に目を見開いて、布団のなかを見る。

と、蓉子が肉棹を吐き出して、右手で握りしごきながら、股ぐらに潜り、睾丸を舐めはじめた。

(ああ、そんなこと……！　くぅぅ、これもたまらない！)

皺袋を丹念に舐められると、ぞくぞくした快感がひろがってきて、それが本体をしごかれる悦びと合わさって、たまらなくなった。

「ぁああ……くっ……蓉子さん」

名前を呼ぶと、蓉子がちらりと見あげてくる。

「入れたいです。入れさせてください」

小声で訴える。

蓉子がにこっと微笑み、仰向けに寝ている光一にまたがってきた。

背中に羽毛布団を背負っているが、光一は見えてしまっている。ハッとして隣のベッドを見る。課長は相変わらず反対側を向いたままだ。

さすがに、課長に見つめられて、その妻とするだけの度胸は自分にはない。

（よしよし、これなら……）

下半身にまたがった蓉子が、いきりたっているものをつかんで、下腹部になすりつけた。ぬるぬるの粘膜を亀頭部が擦って、気持ちがいい。

蓉子が腰を沈めてきた。

切っ先がとても窮屈な入口を突破していくと、あとはぬるぬるっと蕩けた肉路をこじ開けていき、

「うあっ……！」

蓉子が低く喘いで、一瞬、上体をのけぞらせた。

それから、歯を食いしばりながら前に倒れてくる。

羽毛布団をかぶって、自らの顔を隠し、四十五度くらいの角度に上体を傾かせて、静かに腰を揺すりはじめた。

布団が落ちないようにしながら、巧みに腰を振る。

（おおぅ、ぁああ……気持ち良すぎる！）

光一はひさしぶりに味わう膣の感触に、歯を食いしばる。そうしないと、あっという間に洩らしてしまいそうだった。それほどに、課長夫人の膣は具合が良かった。

揺すられるたびに、蕩けたような粘膜がざわめきながら、勃起にからみついてくる。温かい。そして、締めつけもすごい。

（オマ×コって、こんなに気持ちいいものだったんだ！）

どう考えても、光一がこれまで体験した四人の女性よりも、女性器の具合がいい。何よりまったりとしていて、そのふくよかで吸着力のある肉襞がたまらない。

（そうか……蓉子さんは熟女人妻だからな。きっと、ここの具合はセックスを重

ねるほどに良くなるものなんだな）

目の前で形のいいオッパイが揺れている。

きっと触ってほしいのに違いない。両手を伸ばして、左右の乳房をつかみ、揉みしだく。柔らかい。これまで触れたどのオッパイよりも柔らかくて、大きい。

蓉子は気持ち良さそうに上体をのけぞらせて、

「あっ……んっ、んっ……」

腰から下をシャープに打ち振り、

「ぁああ、ダメっ……腰が勝手に動くの。ぁああ、あああ、止まらない」

光一にだけ聞こえるような声で言い、がくん、がくんと痙攣しだした。

（もしかして、イッちゃうのか？）

光一は両手でつかんだ乳房を揉みつつ、乳首にも刺激を与える。ぐにぐにと捏ねると、

「……あっ……！」

蓉子が震えながら、前に突っ伏してきた。

（イッたのか？）

だが、蓉子はすぐに回復して、今度はぎゅっと光一にしがみつきながら、腰を

くねらせては、

「ぁああ、いいの……いいのよぉ」

そう言って、いきなり光一の唇を奪い、吸いながら、腰をくねらせる。

すごすぎた。これでは、どっちが男だからわからない。少なくとも主導権を握っているのは、蓉子だった。

その蓉子が唇を離して、せがんできた。

「ねえ、下から突きあげてもらえる？」

「いいですけど……」

光一は隣のベッドを見る。

課長はいまだに反対を向いて、横臥していた。だが、これまでとは違うところがあった。それは、課長の右手がリズミカルに動いているのだ。

（うん、もしかして、課長、自分であれをしごいているのか？）

そうとしか見えない。

（ううむ、課長は自分の妻が部下に寝取られているのを感じながら、昂奮しているってことだ）

もしそうだとしたら、これはものすごいヘンタイだ。

しかし、課長はもともと性格的にもへんなところがあるから、あり得ないことではない。そうでなければ、いくら交換条件だとは言え、部下に妻を抱かせないだろう。

（まあ、いいか……それならそれで、こっちは気楽にできる。もっと蓉子さんを感じさせれば、課長も悦んでくれる）

光一は蓉子の背中と腰に手を当て、自分は膝を立てて動きやすくする。

今はもう二人の上半身は布団から出てしまっているが、それでもかまわない。見たかったら、見ればいいのだ。

居直って、光一は下から突きあげてみる。

ぐいっ、ぐいっと腰を撥ねあげると、蓉子はしがみつきながらも、「あっ、あっ、あっ」と明らかにそれとわかる声をあげる。

絶対に課長には聞こえている。しかし、課長が悦んでいるならそれでいい。だいたい蓉子だって、これはもう夫の目、いや、耳を意識しているとしか思えない。

つづけざまに撥ねあげると、勃起が斜め上方に向かって膣を擦りあげていき、蓉子の肢体が上で弾み、

「あん、あんっ、あんっ……」

悩ましい声をスタッカートさせる。

「ねえ、すごくいいの……イカせて……わたし、イキそうなの。お願い」

蓉子が耳元で囁いた。

「行きますよ」

光一はその気になって、さっきより強く突きあげてやる。

すると、蓉子の体内がひくひくっと震えながら、行き来する肉棹を強く締めつけてきて、その圧力に抗うようにえぐりたてていくうちに、光一もいきなりの射精感にみまわれた。

きっとこの尋常でない状態のなかで、知らずしらずのうちに限界を迎えていたのだろう。

「くうぅ、俺も……俺も出しそうです」

「いいのよ。ちょうだい……いいのよ……来て……ぁあああ、すごい。突きあげてくる。ズンズンくる。お臍に届いてる。ぁああ、すごい衝撃……あん、あんっ、あんっ……ぁああ、イクわ……ねえ、イッていい？」

蓉子がしがみつきながら訊いてきた。

「いいですよ。俺も、俺も出します……くおおっ！」

課長が聞き耳を立てていることを承知で、猛烈に突きあげた。パン、パン、パンと乾いた音がして、切っ先が奥のふくらみに届くたびに、扁桃腺（へんとうせん）のようなふくらみに刺激されて、こらえきれなくなった。

「おおぅ、そうら！」

「あん、あんっ、あんっ……ぁああ、イッちゃう……くっ！」

蓉子が上体だけをのけぞらせ、それから、がくん、がくんと躍りあがる。

絶頂に達したのを確認して、駄目押しとばかりにもうひと突きしたとき、光一も放っていた。

痙攣する膣に搾り取られるように、男液をしぶかせる。

最高の気分だった。

きっと、課長の奥さんをその目の前で寝取っているというスリルに満ちた昂揚感（こうようかん）が目眩（めくるめ）く射精を生んでいるのだ。

6

がっくりとして覆いかぶさってくる蓉子の汗ばんだ肌を感じているとき、ふと異常を感じた。

射精したはずなのに、イチモツはいまだいきりたっていて、膣に突き刺さっているのだ。

（おかしいな？　この前もそうだった。蓉子さんに精液をゴックンしてもらったときも、元気なままだったぞ……）

頭をひねっていると、蓉子がびっくりしたような顔で言った。

「あなた、どうなってるの？　あんなに出したのに、すごく元気……カチカチのままよ。どうして？　抜かずの二発ができる人なの？」

「それは……俺にもわかりません」

「そう……でも、いいわ。もっと、つづけたいわ。できるでしょ？」

「ああ、はい……たぶん」

「今度は上になって」

リクエストに応じて、光一はいったん結合を外し、蓉子をベッドに寝かせて、膝をすくいあげた。

その間も、分身は力強くいきりたったままだ。しかも、白濁液と愛蜜にまみれて、ぬらぬらと光っている。

ちらっとそれを見た蓉子が、ハッとしたように目を見開いた。

光一も驚きつつ、いまだ勃起したままの分身を打ち込み、二人がふたたび一体化すると、体を屈めて、腕立て伏せの形を取る。

「すごいのね。主人じゃあ、こうはいかないわよ」

蓉子が小声で言って、ちらりと隣のベッドを見た。

課長は依然としてこちらに背中を向けている。さっきまで動いていた右手が止まっているのは、今、妻に自分のことを言われたからだろうか。

「きっと、奥さんが相手だからですよ。普通はこうはなりません」

「ふふっ……だとしたら、うれしいわ……ねえ、突いて」

蓉子が甘えたような鼻声でせかしてくる。

柔らかく波打つ髪がシーツに扇状に散り、ととのった顔はほんのりと紅潮し、目も潤みきっている。

光一が腕立て伏せの形で腰をつかうと、蓉子は足をM字に開いて、屹立を深いところに導き入れ、

「あんっ……あんっ……あんっ……」

甲高い声をあげて、いけないとばかりに右手の甲を口に当てる。

たまらなくなって、光一は顔を寄せて唇を奪い、がしっと蓉子を抱きしめて、腰を波打たせる。すると、それがいいのか、蓉子はぎゅうとしがみつきながら、

「んんっ……んんんんっ……んっ……んっ！」

唇を合わせつつも、くぐもった声を洩らす。

そのとき、隣のベッドで人が動いたような音がして見ると、課長が向こうむきで、右手を股間にまわして、激しく動かしているのだった。

（ああ、課長、オナってるな……）

こうなると、もう少し大胆にしてもいいような気がする。

光一は両手を蓉子の腋の下からまわし込んで、肩をつかみ、引き寄せながら激しく腰を叩きつけた。

すると、ベッドが揺れ、弾んで、その軋む音がした。

「ぁああ、ダメっ……聞こえちゃう……もう少し静かにして」

蓉子が眉根を寄せて訴えてくる。

「もうさっきから聞こえてますよ。だって、奥さん、大きな声を出すから」

そう言って、光一はぐいぐいとえぐり込んでいく。

「あん、あんっ、あんっ……」

「気持ちいいですか？」

「……ええ。気持ちいいわ。すごくいいの……あなたのおチンチン、カチンカチンで、オッきいわ」

蓉子がぼうとした目を向ける。きっと、夫を意識しての言葉だろう。課長を嫉妬させたいのだ。

「奥さんのあそこも気持ちいいです。ぬるぬるだし、ひくひくしてるし、締めつけもすごい。きっと奥さんだから、俺も抜かずの二発ができるんです」

「ああ、うれしいわ……ねえ、オッパイを吸って」

蓉子が蠱惑的な目を向けて、せがんでくる。

光一は片方の手で乳房をつかみ、揉みながら、先端をちろちろと舐める。乳首をつまみだして、突起に舌を上下左右に打ちつけ、さらに、円を描くように舐めまわす。そうしながら、かるく腰をつかう。

「ぁああ、ぁあああ……いいわ。どんどん良くなる。ひさしぶりだから……主人がしてくれないから……ぁあああ、熱いの。あそこが熱い……ぁああ、欲しがってる。あそこが欲しがってる……突いて。もっと強くていいのよ。子宮を突いてください！」

蓉子が最後は哀願してくる。

こうなると、光一も思い切り打ち込みたくなる。

上体を立てて、むっちりした足の膝裏をつかんで、開きながら、膝が腹につかんばかりに押しつける。

蓉子の腰がわずかに持ちあがり、黒々とした繊毛の底に、イチモツが突き刺さっているのが見える。

「奥さん、見てください。奥さんのオマ×コに俺のおチンチンがばっちり嵌まってます」

言うと、蓉子が顔を持ちあげて自分の股間に目をやり、

「ぁああ、すごいわ……よく見える。あなたのオッキなおチンチンが埋まってるわ」

「ピストンしますよ」

膝裏を強くつかんで押しつけながら、上から打ちおろすと、蜜まみれの肉棹が翳りに包まれた女の切れ目を深々とうがち、出てくる様子がまともに見える。

そして、蓉子も顔を持ちあげて、自分のなかに勃起が出入りするのをぼぅとした目で見ながら、

「ぁあぁ、すごい……こんなの……ぁあああ、いいわ。良くなってきた。ぁあ、ねえ、イキそう。わたし、またイッちゃう！」

蓉子は今にも泣きださんばかりに眉を八の字に折って、下から見あげてくる。ひと突きするたびに、まったりとした粘膜がウエーブでも起こしているようにざわめきながら、肉棹を締めつけてくる。

奥に打ち込むと、子宮口付近の粘膜が盛りあがっているのか、とくに気持ちがいい。

ふと見ると、隣のベッドでは、課長がいつの間にかこちらに向き直っていた。横臥して布団をかぶっているから、顔ははっきり見えないが、布団の作る薄暗がりのなかで、二つの目がギラギラと光っている。

（おおう、ついに課長がこっちを……！　ああ、ダメだ。出そうだ。よし、見せつけてやる。自分の妻が派手にイクのを見せてやる！）

膝裏をつかむ指に自然に力がこもり、ストロークにも力が入る。

一度射精しているせいか、かなり強く、激しく打ち込んでもすぐには出そうにもない。したがって、心行くまで打ち据えることができる。

パチン、パチンと滑稽な音がして、

「あんっ、あんっ、あんっ……ぁあああ、イッちゃう。来て……来て……」

蓉子が真っ白な喉元をさらして、さしせまった声を放つ。

「ぁあああ、もうダメだ……出します。イッてください！」

最後の力を振り絞って叩き込んだとき、

「イク、イク、イッちゃう……！　来る……やぁあああああああぁ、うぐっ！」

蓉子が大きくのけぞり、両手でシーツを鷲づかみにした。

その姿勢で、がくん、がくんと躍りあがる。

それを見て、もう一太刀浴びせたとき、光一にも至福が訪れた。

「あっ……ぁあああ……」

口を大きく開けて、射精しつつも下腹部をぴったりと恥肉に押しつける。

二度目だと言うのに、まだこんなに残っていたのかとびっくりするような量のスペルマが噴きだしていく。

打ち終えて、光一は結合を外す。ぐったりとしている蓉子に布団をかぶせて、自分は脱いだパジャマと下着を持って、静かに寝室を出ていく。

部屋に戻って、下着をつけ、パジャマを着ていると、

『あん、あん、あんっ……！』

隣室から、蓉子の甲高い喘ぎ声が壁を通して洩れてきた。

（うん……？）

隣室との境の壁に耳を押しつける。

聞こえる。蓉子の喘ぎ声と、課長の声が。

『あん、あんっ、あんっ……ぁああ、あなた、すごいわ。こんなの初めて……硬いわ。大きいわ……』

『佐藤相手にあんなに感じやがって……何度、イッたんだ？　うん、覚えているか？』

課長の声だ。

『二度……ううん、三度イッたわ。だって、あの子、一回出しても全然小さくならないのよ。すごいんだから』

『おいおい、あいつのチンコに惚れたんじゃないだろうな？』

『バカね。わたしが惚れているのはあなただけよ』

『こいつ……そうら、犯してやる。おらっ、もっとケツを突きだせ！　そうだ。お前のようなインラン女は懲らしめないとな……そうら』

『あん、あん、あんっ……ああ、すごい。わたし、すぐにイッちゃういそう』

『このスベタが！　お前のようなやつはこうしてやる！』

ピタン、ピタンという音が聞こえる。これは、尻でも叩いているのだろうか？　それとも、バックから腰を打ち据える音か？

音が止み、『あん、あん、あんっ』と蓉子のさしせまった喘ぎ声と、課長の唸り声が聞こえる。

やはり、そうだ。

課長は妻が部下に寝取られている現場にいて、昂奮し、それを今ぶつけているのだ。

課長だけではない。蓉子も夫の部下に抱かれて、その上、夫に抱かれ、隣室に部下がいることをわかりつつも、こんなあられもない喘ぎ声をあげている。

課長の不倫を口外しないその交換条件として、蓉子を抱くことを提案し、それを実践できた。

しかし、これでは逆に二人の夫婦仲を復活させてやったようなものだ。

(まあ、いいか……一目惚れしてた蓉子さんをこんなにいっぱい抱けたのだから……それにしても、蓉子さんのあそこ、最高だったな)

隣室での夫婦の営みはまだまだつづくようだが、さすがに、もういい。

光一は壁を離れて、布団にごろんと大の字になる。
すぐに意識が遠くなり、光一は眠りの底にスーッと吸い込まれていった。

第三章　美貌ＯＬの罠

１

一週間後の夜、光一はホテルのスカイバーで、佐々木玲香と呑んでいた。

今日、帰り際になって、話があるから、と玲香に誘われたのである。

もちろん、光一には断る理由などなく、嬉々としてついてきた。

二人がいるのは、新宿の高層ホテルの五十五階にあるスカイバーだ。

外を向くカウンターからは、都心の夜を彩る赤と白のネオンが無数に煌めき、高速道路を車が赤いテールランプを光らせて数珠つなぎになっている光景が目に飛び込んでくる。

右には東京タワーが、左遠方にはスカイツリーが一段と高く、まるで東京のペニスみたいにそびえたっている。

そして、光一の隣では、玲香が足を組んで、赤い血のようなカクテルを細長いカクテルグラスで呑んでいた。

タイトスカートのスリットから、組まれたすらりと長い足が太腿までのぞいていて、光一はなるべく見ないようにはしているのだが、どうしても視線がそこに落ちてしまう。

課長との会議室でのセックスを見てしまっているから、余計に胸がドキドキして、股間も疼いてしまう。

課長夫人とのセックスを体験して、光一の下半身は反応しやすくなっていた。

「きみには大変なところを見られてしまったわね」

玲香が光一のほうを見て、口を開いた。

「あ、ああ、はい……ほんと、驚きました」

「でも、きみにはかえってよかったんじゃない？」

そう言って、玲香が足を組み換えた。

一瞬、太腿がかなり際どいところまで見えて、ドキッとしながらも、

「どうしてですか？」

「ふふっ、池谷課長の奥様といいことしたんでしょ？　課長から聞いたわ」

玲香がにっこりと微笑んだ。笑うと、やさしい雰囲気があふれて、穏やかな空気に包み込まれる。

しかし——。やはり、課長はすべてを玲香に話してしまっているようだ。二人の不倫現場を見られたのだから、その事後報告を玲香にするのは当然だろうが。

玲香がぐっと顔を寄せてきた。

「きみも、けっこうやるのね。見直したわ……課長の腰巾着のただの坊やだと思っていたんたけど、そうでもないのね」

至近距離で言いながらストレートヘアをかきあげ、玲香は右手を光一の太腿に置いてきた。

（えっ……？）

ドキッとして、手の置かれたズボンに視線を落とし、さらに玲香の美しい顔を見る。

「これから、きみに妙なことを頼むけど、わたしを軽蔑してはいやよ」

「な、何ですか？」

そう答えながらも、光一の股間は早くも力を漲らせる。

「じつはね……」

玲香が顔を寄せ、光一の耳元で囁いた。

「あなたと寝たいの」

「はっ……？」

「あなたと寝たいの」

光一は唖然(あぜん)としすぎて、ぽかんとしてしまった。

もちろん、玲香とは寝たい。ひそかに、願ってきたことだ。玲香を抱きたくない男なんて、いやしない。

しかし、玲香は池谷課長の不倫相手じゃないのか？

首をひねっていると、玲香が思わぬことを言った。

「じつはね……課長に頼まれているの」

「えっ？　課長……に？」

「そうよ。わたしがきみに抱かれるところを撮影してほしいんだって……その映像を流しながら、わたしとしたいんですってよ。ヘンタイさんでしょ？」

玲香が手に口を当てて、笑った。

だが、それは決して課長を卑下(ひげ)しているものではなく、むしろ、愉(たの)しんでいるような顔つきだ。目尻がさがって、とても愛嬌がある。

やはり、課長は前から思っていたように、ヘンタイさんなのだ。自分の女が他の男に抱かれているところを見ると、すごく昂奮するのだ。

しかし、課長がどうであれ、そのおかげで自分は玲香を抱けるのだ。

体の底から、ぐわっと一気に欲望がうねりあがってきた。

股間のものがますます硬くなって、ズボンを突き破らんばかりにいきりたつ。

それを察知したのか、

「ふふっ、きみもそうしたいみたいね。ここが、ますます大きくなったわよ」

玲香がぐっと身を寄せてきた。

ちらりと後ろを見て、二人を見ている者がいないことを確認し、ズボンのふくらみをさすりはじめる。

「どう？　いやなら、いいのよ。無理強いしようってわけじゃないの……でも、わたしはすごくきみとしたいの。ダメ？」

玲香が耳元で甘く囁きながら、しなやかな指で股間の出っ張りをなぞってくる。

才色兼備を絵に描いたような女性に「すごくきみとしたい」とせまられて、拒める男なんかいやしない。

「ダメじゃないです、もちろん」

「よかった。ノーと言われたら、どうしようかって、ドキドキしていたのよ」

そう言って、玲香が光一の手をつかんだ。

もう一度ちらりと後ろを見て、光一の右手を自分のほうに引き寄せる。

玲香は組んでいた足を解き、タイトスカートのサイドスリットの隙間へと、導いていく。

（ああっ、すごすぎる……！）

すべすべの布地の下に、ストッキングに包まれた太腿の張りを感じる。

「いいのよ、触っても……触りたいでしょ？」

玲香が耳元で甘く誘ってきた。

「はい……でも、ここでは……」

「平気よ。身体をくっつけていれば……」

そう言って、玲香はますます身体を密着してきた。

（いいんだな。触っちゃうぞ）

周囲を気にしながらも、おずおずと撫でさする。

円柱のような形をした太腿をストッキング越しに感じる。内側はとくに柔らかくて、ぷにぷにしている。

内腿を撫でていくうちに、足が少しずつひろがって、ついには直角ほどに開いた。

光一が生唾を呑み込みながら、上へとなぞっていくと、途中でストッキングの感触が途切れて、じかに肌に触れた。

どうやら、太腿の途中までのストッキングを穿いているらしい。

(と言うことは、直接、パンティに……)

おずおずと手を移動させると、シルクタッチのすべすべした布地の感触があって、そこに指腹を当ててると、ぐにゃりと沈み込んで、

「んっ……！」

玲香がびくっとして、小さく呻いた。

「ゴメンなさい。声が出ちゃった……」

かわいく言って、ストレートロングの髪を掻きあげながら、微笑む。目尻がさがって、メチャクチャに愛嬌がある。

(そうか。女の艶めかしさ、かわいさ……この人はすべてを持っているんだな)

ますます課長が羨ましくなった。

(自分の仕事を助けてくれて、なおかつ、色っぽくて、従順で……玲香さんのような女の人を恋人に持てたら……)

課長への嫉妬が原動力になって、光一は右の中指をおずおずと動かした。

尺取り虫みたいにそこをなぞると、すべすべのパンティが凹んで、内部の柔らかな肉が沈み込みながら指にからみついてくる。そして玲香は、

「んっ……あっ……ダメっ」

口を手の甲で押さえながら、艶めかしい目で光一を見た。

ズキュンと心臓と股間を射抜かれたようだった。

周囲を見まわして、人目がないことを確認し、右手をぐっと奥に差し込んだ。

そして、パンティの上から花肉の中心を指でさすると、基底部があっという間に湿ってきて、布地越しにでもあそこが濡れてきたのがわかる。

玲香の下半身がそれとわかるほどに揺れはじめた。

腰から下を前後に揺すりながらも、玲香はカウンターの上では平静を装って、細長いカクテルグラスの根元をつかんで、残っている赤い血のようなカクテルをこくっ、こくっと嚥下する。

少し上を向いて呑むときの、顎から喉元にかけてのラインがセクシーだった。

呑み干して、カウンターに置いたグラスをぎゅっとつかんだ。

「んっ……んっ……」

声を押し殺しながら、腰から下だけをじりっ、じりっと前後に揺すって、光一

の指に秘密の場所を擦りつけてくる。

光一が夢中になってさすると、パンティがますます湿ってきて、明かに淫蜜だとわかるぬめりが滲んできた。

「ああ、ダメっ……もう我慢できない……部屋が取ってあるの？　行かない？」

「……い、行きたいです。今すぐに」

「いいわ」

玲香がスツールを降りて、店を横切っていく。

長いつやつやのストレートヘアがお洒落なジャケットの肩に散り、赤いハイヒールを履いたすらりとした足が絨毯（じゅうたん）を踏みしめ、スリットの入ったタイトスカートに包まれた尻が揺れる。

その悩殺的な後ろ姿を、光一はあわてて追いかけた。

2

二十八階の客室へと降りていくエレベーターのなか——。

二人だけの密室で、玲香と光一はキスをしていた。

玲香はエレベーターのドアが閉まると、いきなり、光一に抱きついてキスをしてきたのだ。

そして、玲香の手は光一の股間に伸びている。

いくら好きな男に命じられているとはいえ、いつ止まって、扉が開くかわからないエレベーターのなかで、股間をまさぐってくるなんて、大胆すぎた。

さっきのスカイバーのなかでもそうだった。

（俺はこの人に、間違ったイメージを持っていたのかもしれない。玲香さんは一見、男なんか興味ないって顔をしたクールビューティだけど、じつは、すごくエッチが好きで、エロいんだ）

そう思っている間にも、玲香の舌はねちっこく口腔を這い、しなやかな指がズボン越しに勃起をつかみ、擦ってくる。

（ああ、気持ち良すぎる……きっと俺はこの人に思うがままに操（あやつ）られてしまう）

そう観念したとき、エレベーターが二十八階で止まって、玲香はさっと身体を離し、何事もなかったように廊下に出ていく。光一もその後を追う。

２８０９号室の前で止まって、玲香はカードキーでドアを開けて、なかに入っていく。

とてもひろい部屋で、大きなダブルベッドが置いてあって、窓のほうには応接セットがある。

玲香はジャケットを脱いで、白いブラウスの胸ボタンを上から二つ外し、それから、呆然と立っている光一の背広を脱がせてくれる。

その背広をハンガーにかけて、

「こっちに来て」

光一を手招いて、窓際に立った。

光一が近づいていくと、玲香がカーテンを開け放ったので、大きな窓から都心の夜景が見えた。スカイバーよりもだいぶ低いところにあるので、街並みも近くに見える。それでも、普通のビルよりも断然高い。

夜景を眺めていると、玲香が近づいてきて、正面から光一に抱きつきながら唇を合わせてきた。

(ああ、外から見えちゃうんじゃないか?)

不安が脳裏をかすめたが、ルージュの香る唇を重ねられ、舌を吸われるうちに、そんなことはどうでもよくなった。

しかも、玲香は濃厚なキスを浴びせながらも、ズボンのふくらみを触ってくるのだ。

「すごいわね。硬くなったまま……きみ、歳は幾つだっけ？」

キスをやめて、訊いてくる。

唾液で濡れた赤い唇に目を奪われながらも、答える。

「二十六です」

「そうか……やっぱり、若いってすごいことね。こんなに硬い……」

玲香は見あげたまま言って、ズボンのファスナーをおろし、隙間から手をすべり込ませてきた。ブリーフの上から屹立を握って、

「じつはわたし……これまで、年下の男とつきあったことがないの」

ストレートヘアの左右に分かれた前髪の下から、睫毛の長い目で光一を見あげてくる。

「……課長も随分と年上ですものね」

「ふふっ、そうね。でも、池谷課長なんか、まだ若いほうよ」

「そうなんですか？　じゃあ、もっと上の人と？」

「そうね……わたし、若い子にはあまり魅力を感じないの」

「じゃあ、俺なんか、完全にストライクゾーンから外れてますよね？」

「……どうなのかしら？　でも、これでもしかしたら、若い子も好きになるかもしれないわね。そう言えば、課長の奥様、蓉子さんがきみのセックスにめろめろで、きみともう一度したいって……。課長が言ってたわ。ふふっ、案外、隅に置けないのね」

艶めかしい目をして、玲香がいきりたちを握って、ぎゅっ、ぎゅっとしごいてくる。

「くうぅ……！」

快感に酔いしれながらも、蓉子のことを考える。

課長夫人がそう言ってくれるのはすごくうれしい。きっと、夫の目の前でしているという状況が彼女を昂奮させたのだ。

それと、抜かずの二発――。

玲香相手にもできればいいのだが、たぶん無理だろう。

そのとき、玲香が前にしゃがんだ。

エッと思っている間にも、玲香はベルトをゆるめ、ズボンとともにブリーフをおろし、足先から抜き取っていく。

鋭角にいきりたっている肉の柱を見て、

「逞(たくま)しいわよ、すごく……亀頭がきれいなピンクなのね。ふふっ、カリが発達してるわ。それに、血管がいっぱい浮きでてる。木の根っこみたい」

チャーミングに微笑んで見あげ、それから、肉棹をつかんで、亀頭部にちゅっ、ちゅっとキスを浴びせてくる。

「おっ、あっ……」

いきなりの性器キスに、光一の分身はびく、びくっと躍りあがる。

しかも、俗に言う『仁王立(におうだ)ちフェラ』で、自分の前にひざまずいているのは、我が社の花である佐々木玲香なのだ。

感動している間にも、玲香は勃起をつかんで、亀頭冠の真裏を舐めはじめた。敏感な箇所にちろちろと舌を走らせながら、斜めに見あげてくる。

「気持ちいいです」

光一が答えると、うふっと鼻の上に皺を寄せ、今度は裏筋に沿って舐めはじめた。ツーッ、ツーッと舌を這わせて、上下動させる。

また亀頭冠の真裏に滞在させて、執拗に包皮小帯を刺激してくる。

ジーンとした快美感が撥ねあがり、光一は唸る。

と、もっとできるわよ、とばかりに玲香は舌を根元のほうに這わせ、さらに、ごく。

皺の間に丹念に舌を入り込ませて、ちろちろろっと躍らせながら、肉棹を握りし

いきりたちを細く長い指で握り、顔を横向けて、睾丸袋に舌を走らせる。

睾丸まで舐めてきたではないか。

気持ち良すぎた。夢のような瞬間だった。

そのとき、玲香は少し顔の位置を低くして、片方の睾丸を頬張ってきた。

玲香の口は大きくはない。むしろ、上品で小さい。その口に睾丸を片方咥え込んで、チューッと吸う。

「あっ……おっ……くぅぅぅ」

こんなことをされたのは初めてだ。しかも、勃起を握りしごかれているので、快感が倍増する。

玲香はちゅぱっと吐き出して、今度は裏筋を舐めあげ、そのまま上から頬張ってきた。

指を離して、口だけで咥え込んでくる。

一気に根元まで唇をすべらせ、陰毛に唇が接した状態でしばらくじっとしている。切っ先が喉におさまっているから、そうとう苦しいはずだ。

しかし、玲香はぺこっと頬を凹ませて、勃起を吸い込んでいる。

（おおぅ、こんなことまで……！）

今このバキュームフェラをしてくれていいのは、紛れもなく少し前までは高嶺の花だったあの玲香なのだ。

そのクールな美貌がゆっくりと動きはじめた。

横幅は小さいがふっくらとした唇が、肉棹を静かにすべっていく。その締めつけ具合がちょうどいいので、分身が蕩けるような快感がうねりあがってくる。

うっとりしながら横を見ると、窓の向こうに都心の夜景がひろがっていた。

（ああ、こんなのは初めてだ）

昂奮でぼやけてきた視界に、赤い色に染めあげられた東京タワーが飛び込んでくる。近くには某会社の本社もあるが、窓はほとんど暗い。この時間には社員は帰ってしまっているのだろう。

そして、紺色の夜空には満天の星がかかっている。

（ああ、最高だ……！）

下半身から立ち昇ってくる快感に唸っていると、玲香の息づかいが乱れた。

ハッとして見ると、玲香の腰が揺れている。

膝立ちした玲香は、右手をタイトスカートの内側へと差し込んでいた。

左手で光一の腰をつかみ寄せ、口で頬張り、右手では自らの恥肉をいじっているらしいのだ。

普通はフェラチオしながら、オナニーはしない。

それだけ、身体が昂(たかま)ってしまっているのだろう。

玲香がちゅぱっと吐き出して、言った。

「オナニーの見せっこをしない？」

「オ、オナニーの、見せっこ、ですか？」

確認すると、玲香はうなずき、

「この前、きみに課長とのあれを見られたでしょ？　ほんとうはあのとき、少し前に気づいていたのよ。明確にわからなかったけれど、誰かがいるって……きみ、あわてて顔を引っ込めたこと、あったでしょ？」

「ああ、確かに……じゃあ、あのとき気づいてたんですか？」

「ええ……でも、はっきりしなかったから、放っておいたのよ。そうしたら、すごく感じてしまって……へんよね。本来なら、不安にならないといけないのに。誰かがわたしたちを覗いているって知ったら、ドキドキしちゃって……わかったのよ。見られていると感じるんだなって……だから、今もここで……」

　玲香がちらりと外を見た。

「ここで、オナニーの見せっこするって最高だと思わない？」

「ああ、はい……そ、そうですね」

「じゃあ、きみはそっちに座って……わたしはこっちに……わたしがいいというまでは近づいてはダメよ」

　うなずいて、光一は肘掛けのついているひとり掛け用のソファに座る。上半身にはワイシャツを着ているが、下半身はすっぽんぽんなので、かなり恥ずかしい格好だ。

　小さなガラストップのテーブルを挟んで、玲香が向かい側の肘掛け椅子に腰をおろした。いったん着席してから、何かを思いついたように立ちあがり、後ろを向いてスカートのなかに手を入れた。

　尻を微妙にくねらせて、真紅のパンティをおろし、赤いハイヒールを履いた足先から赤い布切れを抜き取っていく。

　それから、また肘掛け椅子に腰をおろして、足を組み、

「いいわよ。そのギンギンなものをしごいてほしいな」

微笑んで、膝に片肘を突き、その上に顎を乗せて、ぐっと近づきながら、光一の下半身を見た。その距離、一メートル半。

光一はかなり恥ずかしかったが、オナニーするところを美貌の先輩に見せつけたい、という気持ちもあった。

熱く脈打つものを握って、ゆっくりとしごく。

頬杖を突いた玲香の胸元は、ボタンの二つ外れたブラウスがはだけて、真紅のブラジャーに包まれた乳房がかなり際どいところまでのぞいている。

そのたわわなふくらみと甘美な谷間を見ながら、ぎゅっ、ぎゅっと分身を握りしごいた。たちまち甘い強い快感が込みあげてくる。

「ふふっ、けっこう強くしごくのね。なるほど、包皮を使って亀頭冠にぶつけるのね」

細かく観察して言い、玲香は上体を立てた。

そして、組んでいた足を解いて、徐々にひろげていく。

直角ほどに開いたところで、ぎゅうと閉じ合わせ、またひろげていく。それを繰り返しながら、玲香は胸のふくらみを揉んでいる。

それから、ブラウスの胸ボタンを下まで外して、こぼれでてきたふくらみをつかんだ。真紅の刺しゅう付きブラジャー越しに、ふくらみを持ちあげるように揉みしだく。

「ぁああ、いいの……いいのよぉ……見て、恥ずかしいわたしを見て」

そう口走る玲香の瞳が一気に潤みを増していた。

「見てます。玲香さんの恥ずかしいところを見ながら、センズリこいてます」

そう言って、光一は分身を強くしごく。

「ああぁ、いやらしいわ……きみの手つき、いやらしい……ぁあああ、やあああ、見ないで……」

玲香は顔をそむけながら、さらに足を開いていく。

サイドにスリットの入ったタイトスカートからむっちりとした太腿がのぞき、ついに、足が鈍角に開くと、ずりあがったスカートから絶対領域と呼ばれる仄白い内腿と、その奥の翳りがわずかに見えた。

玲香は左手で胸のふくらみを揉みながら、右手をすべらせていき、太腿をなぞった。さらに、スカートをめくりあげながら、太腿の奥に指を添える。

ピンクのマニキュアをした白い指が躍っている。艶めかしい喘ぎ声とともに、赤いハイヒールの爪先があがっている。

「ぁああ……見える？」

玲香が喘ぐように言う。

「はい……」

「もっと、見たい？」

「はい……見たいです」

言うと、玲香は向かって左のほうの足を引きあげて、肘掛けにかけた。

太腿がひろがって、完全にずりあがったタイトスカートの奥に、黒々とした翳りが見えた。肌色のストッキングが太腿の途中で途切れていて、いっそう白い付け根の中心につやつやした陰毛が撫でつけられたように繋がっている。

「どう、これでもっと見える？」

「はい……見えます」

「でも、あそこのなかまでは見えないよね？」

「……はい」

「なかを見たい？」

「もちろん」

光一はごくっと生唾を呑み込んだ。

マニキュアされた細くて長い指が翳りの底に押し当てられた。

次の瞬間、人差し指と中指がＶ字に開いて、内部の鮭紅色がぬっと現れた。

（わおっ……！）

視線がその一点に引き寄せられて、目が離せなくなる。

（すごい、すごすぎる……！）

黒い繊毛の底で、鮮やかな紅色の粘膜がのぞき、しかも、そこはぬらぬらと妖しく光っているのだ。

「見える？」

そう訊く玲香の声が上擦っている。

「はい、見えます。ああ、たまらない」

光一はできるだけ近くで見ようと上体を前傾させて、いきりたちをしごいた。

「ぁああ、いやらしい子ね。そんなにしごいて……来て。来ていいわよ」

玲香に誘われて、光一は嬉々として近寄っていく。

「舐めて、ねえ」

「いいんですか？」

「バカねぇ、いいから言っているのよ。わたしが開いているから、なかを舐めて……早く」

うなずきながら、光一は玲香の顔とオマ×コを交互に見た。すっきりした美貌と、ぬめ光るオマ×コ……どうしても、これが同一人物だとは思えない。

光一は誘われるように狭間を舐めた。ぬるっと舌がすべっていき、

「ぁあん……！」

がくん、と玲香の下半身が揺れる。

そこは、何とも言えない芳香がただよっていて、まるで男を狂わせる媚薬のようで、光一は無我夢中でそこに舌を走らせる。

ぬるっ、ざらっと舌が粘膜を擦っていき、玲香ががくがくと震えはじめた。

震えながらも、二本の指はV字に開いたままだ。

「ぁああ、いい……気持ちいい……きみの舌、気持ちいい……ぁああ、ああああ……たまらない……」

そう言いながら玲香は、左手で乳房を揉みしだく。

真紅のブラジャーの隙間から指を入れて、じかに乳房を揉み、さらに頂上を指で捏ねまわして、

「んんんっ……んんんんっ……ぁああ、たまらい。ねえ、欲しいわ。きみのおチ

ンチンが欲しい」

ぼぅと霞がかかったような目で、光一を見た。

3

玲香はベッドに入る前に、すでにセッティングしてあった小型のデジタルビデオカメラのスイッチを入れて、映像が撮れているかどうかを確かめた。

この慎重さが、玲香の仕事に役立っているのだ。

カメラはベッドを斜め横から映す位置にセットしてある。これなら、二人の行為の一部始終をおさめることができる。

（しかし、ほんとうに撮るんだな）

先日は、課長と同じ部屋でその妻を抱いた。今度は、ビデオで撮影されながら、課長の愛人を抱くのだ。

（セックス映像を課長に見られるのだから、しっかり、やらないとな……課長にはナメられたくない）

ベッドに近づいていくと、玲香が寄ってきて、ワイシャツのボタンをひとつずつ丁寧に外して、脱がせてくれる。

まるで甲斐甲斐しい新妻のようだ。

これもやはり、この映像を課長が見ることを意識してのことかもしれない。きっと、嫉妬させたいのだろう。自分はいい女だと課長に思わせたいのだろう。

そういうところにも、玲香の抜け目のなさを感じる。

全裸になった光一をベッドの端に座らせると、玲香は背中を見せて、自分のブラウスを脱ぎ、タイトスカートをおろしていく。

カメラのほうを向いているから、明かにカメラを意識している。

背中を向けたままで、手をまわしてホックを外して、真紅のブラジャーを肩から抜き取った。

後ろから見ても、美しい身体だ。

肩幅はそれなりにあるが、ウエストがくびれているので、次第に窄(すぼ)まっていく背中のラインが美しい。それに、尻は適度な大きさできゅんと吊りあがっているから、足が長く見える。

そしてまた、背中の途中まで垂れたストレートの黒髪が、いっそうその艶めかしさを引き立てている。

玲香が一歩、また一歩と近づいてきた。

（ああ、何て身体をしているんだ！）

スレンダーだが、出るべきところは出た女らしい肉体だ。

ほっそりしているから、乳房の大きさがいっそう目立つ。直線的な上の斜面を下側の充実したふくらみが押しあげていて、しかも、乳首も乳輪も透きとおるようなピンクだ。

そして、下腹部の繁みはふさふさで、そのクールな容貌からは想像できない濃い陰毛がとくにいやらしかった。

ベッドの端に座っていた光一を押し倒して、自分もベッドにあがった。

光一の両腕を頭上にあげさせて、指をからませてくる。

両手を組んだまま、上からじっと見おろしてきた。

枝垂れ落ちるさらさらの黒髪、微笑んだようでやさしげだが色っぽい瞳――あまりの美しさに、ぞくぞくした。

玲香が口を開いた。

「どうしたの、さっきぽかんとしていたわね？」

「ああ、はい……玲香さんがあまりにもおきれいで、セクシーなので……」

「この前、会議室で覗いたでしょ？」

「いや、あのときは服を着ていたから、あまり見られなくて」

「それで、どう？　わたしの身体は？」

こうやって訊くのは、自分の身体に自信があるからだろう。

「すごいです。プロポーションが素晴らしいし、肌もきれいだし、とくに胸がすごくいい形をしていて……こんなドピンクの乳首は見たことがありません」

素直に感想を告げると、玲香はうれしそうに口角を吊りあげて、

「吸いたい、乳首？」

「ええ、できるなら……」

「いいわよ」

玲香が胸を寄せてきた。

光一の両手を頭上に押さえつけて、またがっているので、下腹部の柔らかな繊毛を腹部に感じた。

目の前にせまってきた乳房はたわわでありながら全体が上を向いていて、驕慢(きょうまん)な感じさえ受ける。

「いいのよ……舐めて」

玲香が上から言って、乳房の先を口許に押しつけてきた。

おずおずと舌を出して、ぺろりっとなぞりあげると、

「んっ……！」

玲香ががくんと顔をのけぞらせて、低く呻いた。

（ああ、感じている！）

乳房を揉みたかったが、両手を押さえられているので、手をつかうことができない。もどかしさを感じながらも、乳首に舌を走らせると、

「んっ……んっ……あっ……。うんん、ぁあうぅぅ」

玲香は艶めかしい声をあげて、もっと舐めてとばかりにふくらみを押しつけてくる。

三角に尖った乳首が見る見る濡れてきて、硬くなってきた。そこにしゃぶりついて、チューッと吸うと、

「ぁあ……それ、ダメぇ……」

玲香が強い反応を示した。どうやら、こうすると感じるらしい。

いったん吐き出して、また吸う。また吐き出して、しゃぶりつく。それを繰り返していると、

「あっ……あっ……ぁあうん……ぁあああ、いいのよぉ」

這う形で持ちあがった玲香の尻が、じりっ、じりっと揺れはじめた。

同時に、光一の腕をつかんだ指から力が抜けて、光一は自由になった手で左右の乳房をむんずとつかんだ。

たわわで柔らかくて、しっとりとした乳肌が指腹に吸いついてくるようだ。揉むほどに形を変える乳房を強弱つけて握りながら、先端に吸いついた。

吐き出すときにしごくようにすると、それがさらに感じるのか、

「はうぅぅ……」

玲香は顔を大きくのけぞらせて、持ちあがった腰をがくん、がくんと揺する。こうなると、もっとよがらせたくなる。

この映像は後で課長が見るはずだから、「玲香のやつ、佐藤相手にあんなによがりやがって」と嫉妬させるほど感じさせたい。

左右の乳房をつかんでぐいと真ん中に寄せ、二つの乳首を交互に舐めた。

一方に舌を這わせ、すぐに今度は反対側にも舌を走らせる。ふたたび反対側へとまるで鶯の谷渡りのごとく吸いついていると、玲香はもう感じすぎて、どうしていいのかわからないといった様子で、身悶えする。

玲香をもっと攻めたくなった。そのためには自分が上になりたい。

「玲香さん、下になってください」

そう言って、身体を入れ換えた。

仰向けになった玲香の形のいい乳房にしゃぶりついて、カチカチになってきた乳首を舌であやしながら、肌を撫でさすった。

すると、玲香は両手を頭上にあげて、枕を後ろ手につかみ、

「ぁああ、いいわ……きみ、思ったより上手よ。ぁあああ、いい……」

顎をせりあげる。

ふと見ると、腋の下が丸見えになっている。

（あのつるつるの腋の下を舐めたい……！）

ふいに欲望が湧きあがってきた。

玲香が普段はとても落ち着いたクールビューティだからこそ、その羞恥の源泉である腋窩をしゃぶりたい。恥ずかしがらせたい。

さっきのお返しで、玲香の両手を万歳の形で押さえつけて、いきなり腋の下に顔を埋め込んだ。

「ぁああ、いやっ……やめて！」

玲香が強い力で肘を引き寄せようとする。その肘をつかんで開いたまま押さえつけ、腋の下を舐めた。

「ダメっ……ああ、やめなさい。そんなところ舐めないで！」

玲香が抵抗して、逃れようとして肩をひねる。

かまわずに舐めつづけていると、玲香の腕から力が抜け、

「んっ……んっ……あっ……あっ……」

抗いの声が甘い鼻声に変わった。

（ああ、感じてきた。やはり、腋の下も性感帯なんだ）

汗ばんだ腋窩からは甘ったるい汗と体臭がただよい、その脳髄を溶かすようなフレグランスに酔いしれながら、舌を縦につかい、横に撥ねる。

ひろがってわずかな窪みを示す腋を二の腕にかけて舐めあげていく。そのまま柔らかな内側を肘までなぞり、そこから、またおろしていく。

それを繰り返していると、玲香の裸身がいっそうくねりはじめた。

「ぁああ、いやらしいわ。きみ、いやらしいわ……ぁああ、ぞくぞくする……ぁあああ、ねえ、触って……あそこを触って」

そう言って、下腹部をぐいぐいせりあげてくる。

「触っていいんですか？」

「触ってほしいの……ねえ、触って……ねえ」

玲香が潤みきった目で、光一を見た。そのせがむような、すがるような表情がたまらなかった。

光一が手をおろしていき、翳りの底に当てると、

「んっ……！」

玲香がもっと強くとばかりに、恥丘をせりあげて、擦りつけてくる。

中指が狭間に触れると、そこがぐにゃりと沈み込んでいき、ぬるっとした粘膜がからみついてきた。

（ああ、すごい……濡れ濡れだ！）

光一がまた乳首を頬張りながら、濡れ溝をさすると、

「ぁああ、ああ……いいの。ぁああ、感じる。すごく感じる……」

そう言いながら、玲香は下腹部をせりあげて、狭間を手のひらに擦りつけてくる。

見ると、玲香は顔を横向けて、ビデオカメラのレンズのほうを向いている。

やはり、そうだ。光一が普通に相手しただけではこんなに濡れないに違いない。

きっと、カメラで撮られていて、その映像を課長に見られるという気持ちが、玲香を昂奮させているのだ。

（ええい、もっと感じさせてやる！）

光一は移動していって、玲香のすらりとした足をすくいあげた。膝裏をつかんでぐいと持ちあげると、ビロードのような光沢を持つ濃い陰毛の底に、サーモンピンクの花が咲いていた。

「ああ、見ないで……」

玲香が膝を閉じようとする。その膝を開かせて、顔を寄せた。

まるで南国の花のような甘い香りがする。

がばっと貪りついて、あむあむと柔らかな肉の粘膜を味わった。くにゅくにゅした肉びらを吸うと、

「ぁあああ……許して……」

玲香が喘ぎながら言う。

（許してか……何ていやらしい言葉だ。たまらない！）

「許しませんよ」

そう言って、今度は狭間に舌を走らせる。鮮やかな鮭紅色にぬめる肉の庭を縦

に舐めると、ぬるっ、ぬるっと舌がすべって、

「ぁああ……あああああ、感じる。すごく感じる……きみの舌、気持ちいい……ぁああああ、ねえ、上のほうを。あれを舐めて」

玲香が顔をあげて、ぼぅと霞がかかったような目を向ける。

上のほうとはおそらくクリトリスのことだろう。

濡れ溝を舐めあげていき、そのまま上方の肉芽をぴんっと弾くと、

「あんっ……！」

玲香の腰が撥ねた。

光一は右手を足から離して、陰核の根元を引っ張る。くるっと包皮が剥けて、珊瑚色（さんごいろ）に輝く本体が現れた。

光沢を放つ肉芽を舌先でちろちろと舐めた。

横に弾き、縦に舐めると、玲香はいちいちそれに反応して、

「あっ……あっ……ぁあああ、それ……！」

両手でシーツを握りしめる。

光一は開いた足の間から、玲香の様子をうかがいながら、丹念にクリトリスを舐め、転がし、最後に止（とど）めとばかりにチューッと吸うと、

「やぁああああああ……！」

玲香はのけぞって、胸から上を反らした。それから、

「ねえ、来て……来て」

顔を持ちあげて、訴えてくる。さらさらの黒髪が乱れ、額や頬に張りついていて、その様子が一段とセクシーだった。

4

光一は顔をあげて、右手で屹立をつかんで、翳りの底に押し当てた。

亀頭部で濡れ溝を擦ると、

「ぁああ、ちょうだい……」

玲香が自ら腰を持ちあげて、挿入を求めてくる。

光一は亀頭部を膣口に導いて、とば口を割ると、手を離して、腰を入れた。

すると、切っ先がとても窮屈な肉路をこじ開けていき、一気に潜り込んで、

「くっ……ぁあああうぅぅ」

玲香がのけぞりながら、両手でシーツを鷲づかみにする。

「ぁああ、くうぅぅ」

　と、光一も奥歯を食いしばっていた。

　少しでも動いたら、たちまち放ってしまいそうだった。それほどに、玲香の体内は具合が良くて、まったりと屹立をホールドしながらも、ウエーブでも起こしたようにうごめくのだ。

（くうぅ……すごすぎる。課長はいつもこんなに具合のいいオマ×コに嵌めていたのか！）

　課長が羨ましい。

　それ以上に、この美貌と冴えた頭脳を持った玲香が、おそらく最上級だろう膣を隠し持っていたことに感動さえ覚えてしまう。

（天は二物を与えず、と言うけど、なかには二物どころか、三物も四物も与えられている人がいるんだな）

　膝裏をつかんで押しあげた姿勢でじっとしていても、玲香の体内は侵入者をくいっ、くいっと内側へ引き込もうとする。

「ああ、吸い込まないで！」

　思わず訴えると、

「ふふっ、もっとできるわよ」

玲香がわずかに腰を動かす。膣肉がびくっ、びくっと収縮しながら、肉棹を内へと手繰りよせる。

「ぁあああ、ダメだ……くうぅ」

光一は歯を食いしばって、必死に暴発をこらえる。これでは、どちらが攻めているのかわからない。

「もうしないから……突いてちょうだい。女はね、突かれたい生き物なの。たとえどんな女だって、逞しい男に串刺しにされて、その衝撃を感じたいの」

「……玲香さんも、ですか?」

「そうよ……わたしも、刺し貫かれて我を忘れたいのよ」

玲香がまっすぐに見て言う。

(そうなんだ。玲香さんのようなキャリアウーマンでも、やはり女性は受け身で悦びを感じるんだな)

光一は新たな発見をした気分だ。そして、これは頑張って、ストロークをしなければいけないという気持ちになった。

幸い、挿入して時間が経過し、最初の切迫感は薄らいでいた。

ゆっくりと打ち込んでいく。よし、これなら大丈夫だ。

少しずつピッチをあげていくと、玲香は「あっ、あっ」と小さく喘いで、その美しい顔をのけぞらせる。

両手は頭上にあげて、枕をつかんでいるので、たわわな乳房がぶるるんと縦に揺れて、それを見ているだけで男の悦びが込みあげてくる。

両足の膝をつかんで持ちあげていると、角度がぴったり合って、勃起がスムーズに膣に入り込み、打ち込んでいる光一も手応えがある。

もっとよがらせたくなって、強めに打ち据えると、奥のほうの扁桃腺みたいなふくらみに亀頭部がぶち当たって、それがすごく気持ちいい。

そして、玲香は頭上にあげた手で枕を後ろ手につかんで、

「あんっ……あんっ……あんっ！」

奥に届かされるたびに喘ぎを搾りだして、顔を右に左に振る。扇の形で散った長いストレートヘアが乱れて、途轍（とてつ）もなくエロい。

（よし、もっとだ！）

つづけざまに叩き込むと、

「あんっ、あんっ、ぁあん……あああ、イキそう……もう、もうイッちゃう

……！」

　玲香が顔を持ちあげて、ぼぅとした目で訴えかけてきた。

「いいですよ。イッてください……そうら」

　光一は猛烈に腰を叩きつけた。自分はまだ余裕がある。ここは、玲香に昇りつめてほしい。

　渾身の力を込めて、えぐり込んだ。

　自然に指に力がこもってしまい、膝の裏がたわんでいる。

　そうとう痛いはずだか、玲香はもうそんな痛みなど気にならないのか、両手でシーツを掻きむしって、大きく顎を突きあげている。

　贅肉のないシャープなラインを描く理想的な肉体がのけぞり、たわわだが美乳でもある双乳が激しく揺れて、その揺れにかりたてられるように光一が強く叩き込んだとき、

「ぁあああ、イク、イク、イッちゃう……そのまま、そのまま……突いて！」

「おおぅ……！」

　吼えながら叩きつけたとき、玲香が「くっ」と短く呻いて、のけぞり返った。

　昇りつめているのだ。駄目押しとばかりにもうひと突きしたとき、想定外のこ

とが起こった。

玲香の膣がエスクタシーでびくびくっと痙攣したせいか、いきなり快感がふくらみ、あっと思ったときは放っていた。

「ぁあああああ、すみません……！」

謝りながら、熱い男液をしぶかせていた。

それを受けながら、玲香もイキつづけている。がくん、がくんと肢体を激しく揺らしていたが、やがて、それがおさまり、その頃には、光一も放出を終えていた。

射精した後の虚しさに襲われて、光一はがっくりと覆いかぶさった。

しばらくじっとしていると、玲香が光一の髪を撫でてくれる。撫でながら、ちょっと腰を揺らめかせて、

「奇跡が起きてる」

耳元で囁いた。

「えっ……？」

「きみ、今、出したよね。でも、まだカチンカチンなんだけど」

光一は自覚症状がなかったのでわからなかった。ちょっと腰を浮かしてみると、

確かに分身はまだ充分に硬くて、おさめなおしただけで、

「あんっ……！」

　玲香が喘いだ。

「でしょ？」

「ほんとだ！」

「ねっ？　すごいわね。課長の奥様としたときも、抜かずの二発ができたんでしょ？」

　玲香がにっこりして言う。やはり、玲香のような女性でも、抜かずの二発は興味のあることなのだろう。

「ええ、まあ……でも、あれは偶然でまたできるとは思っていませんでした」

「偶然かな？　二回重なるってことは、偶然じゃないんじゃないの？　だとしたら、すごいことよ。女の子は悦ぶと思うわよ」

「そうですか？」

「少なくとも、わたしはそう……だって、女って一度イッてもそこからどんどん上昇していくものなの。男は違うみたいだけど……だから、きみ絶対に女性に受けると思うわ。つづけられる？」

「あ、はい……もちろん」

「じゃあ、今度はわたしが上になるわね。きみも疲れたでしょ？」

光一はうなずく。大して疲れているわけではないが、玲香が上になって腰を振る姿を見たかった。

結合を外して、ベッドに仰臥(ぎょうが)すると、玲香がすっくと立ちあがった。

下半身をまたいで立つ玲香は、まるで女神像みたいにととのったプロポーションをしている。しかも、乳房は明かに女神像よりも大きく、枝垂れ落ちたストレートヘアが胸のふくらみにも散っている。

玲香は下を見て、黒髪をかきあげ、それから、腰を落としてくる。

蹲踞(そんきょ)の姿勢になって、いまだ信じられないほどにそそりたっている肉柱をつかんで、翳りの底になすりつける。

亀頭部がぬるぬると粘膜ですべって気持ちがいい。

玲香は左手で自らの陰唇をひろげ、そこに切っ先をあてがって、慎重に沈み込んでくる。

亀頭部がとても窮屈な女の道をこじ開けていき、それを根元まで受け入れた玲香が、

「ぁああああ……！」

のけぞって、上体を垂直に立てた。

それから、両手を前に突き、腰を激しく前後に打ち振って、

「ぁああ、いい……きみのがなかを……なかをぐりぐりしてくる……ぁあああ、気持ちいい……玲香、気持ちいいのよぉ」

そう言いながら、右を向いた。

右側には、ビデオカメラがセットしてある。きっと、玲香はカメラのレンズを意識しているのだ。それはつまり、その映像を見る課長に見せつけているということだ。

きっと騎乗位を選んだのも、課長に自分を見せつけたいからだろう。その貪欲な腰の動きを見てもらいたいのだ。

ちょっといやな気がした。しかし、玲香は光一を愛していて、寝てくれているわけではないから、これはこれでいい。

光一ができることは、玲香をもっと感じさせることだ。それが、池谷課長に悦んでもらうことに繋がる。

玲香が腰を縦につかいはじめた。

ぎりぎりまで引きあげた腰を真上から落とし込んでくる。根元まで呑み込んでおいて、ぐいん、ぐいんと腰を円運動させる。

今度はゆっくりと引きあげていき、頂上から焦らすようにゆっくりと沈み込んでくる。

それを、じっと光一を見おろしながら繰り返すのだ。

まるで、獲物をいたぶるようなサディスティックな目が、光一をとらえて放さない。

時々、枝垂れ落ちた長い髪をかきあげ、ふっと口角を吊りあげる。

そうしながら腰は奔放に動いて、光一は屹立を揉み抜かれる。

（ああ、この人は男たらしだ。この人にロックオンされたら、どんな男でも落ちてしまうだろう）

玲香は後ろに両手を突いて、のけぞるようにして腰をつかう。

すらりとした足を大きくＭ字に開き、上体を反らせながらも腰を前後に打ち振る。

その間も、ストレートロングの髪の間から、じっと光一を見て、ロックオンしている。

光一はその美貌と翳りの底を交互に見た。

こんな美しい顔をしているのに、濃い翳りの底に男のシンボルを咥え込んで、しゃくりあげるようにいやらしく腰をつかう。

自分の蜜まみれのイチモツが、玲香の翳りから姿を現し、また消えていく。

「ぁあああ、あああ……いい……いいの……きみの全然、へこたれない。カチンカチンのままよ。ぁああ、あああ……いい、いい……ぁああ、止まらない」

玲香の腰が何かに憑かれたように激しく前後に動き、肉棹を揉み込む。

「ぁああ、くうぅ……おおぅ、出ちゃう！」

光一は訴えて、奥歯を食いしばる。

「いいのよ、出して……出してごらんなさい。搾り取ってあげる。きみのザーメンを搾り取ってあげる」

玲香の腰の動きがさらに加速して、すごい勢いで打ち振られる。

「ぁあああ、やめてください……出ます。出ます」

光一は必死に言う。さっき出したばかりだと言うのに、熱いものが下半身にひろがってきた。しかし、どういうわけがぎりぎりのところで射精しない。

「ぁああ……ねえ、出して……出してくれないの？　ぁあん、ダメ……イッちゃう……また、またイッちゃう！」

「いいですよ。イッてください」

「ぁああ、きみも……一緒よ。一緒にイキましょ？」

「はい……一緒にイキます。おおぅ……！」

玲香の腰が前に突きだされたとき、光一もぐいと下から突きあげた。その瞬間、下半身がカッと熱くなって、熱いものがしぶいた。

射精がわかったのか、玲香は最後に腰をぐいともうひと振りして、その状態でのけぞった。

「イクぅ……はうっ！」

光一の上でピーンと上体を伸ばし、躍りあがりながら、どっと前に倒れてきた。その身体を受け止めながら、光一はどく、どくとあふれでる男液を玲香のなかに注ぎ込んでいた。

5

光一もさすがに抜かずの三発はできずに、玲香の横に添い寝するように横たわっていた。

玲香がベッドを出て、ビデオカメラのスイッチを切ると、サイドテーブルに置いてあったミネラルウォーターのボトルを持って、またベッドに入ってきた。

上体を立てて、ペットボトルの水を口に含み、それから、仰臥している光一にキスをし、口移しで水を呑ませてくれる。

光一は喉を通っていく冷たい水で、また生気を取り戻す。そしてまた、こういう口移しをごく自然にできる玲香にますます惚れてしまう。

玲香は自分で水を呑んで何かを考えているようだった。それから、顔を覗きこんできた。

「きみに話があるんだけど……」

「な、何ですか？」

玲香が上から光一を見た。

「じつは、わたし、宇川部長に頼まれていることがあるの」

「えっ、宇川人事部長ですか？」

「ええ、そうよ」

「……何ですか」

「これは、絶対にこれだからね」

玲香は口の前に人差し指を立てた。

「……じつは、部長、不倫していて……それを奥様に見つかって、証拠を握られていて困っているらしいの。どうやら、奥様は離婚をせまっているらしいのよ。このままだと、離婚裁判になって、莫大な慰謝料を取られそうだって」

玲香の言葉に、光一は耳を疑った。

宇川人事部長と言えば、うちの会社の人事権を握った権力者で、確か、まだ五十五歳のはずで、将来は役員昇進確実と言われている実力者だ。

その部長が自分の不倫で離婚したとなれば、きっと出世に大きく響くに違いない。

「それで、何を頼まれているんですか？」

「わたしは解決策を相談されていたのね。それで今考えついたんだけど……」

玲香に悩ましい目で見られて、光一はドキッとした。

「な、何ですか？」

「あなたに、宇川部長の奥様を寝取ってほしいのよ」

「はっ……？」

「わからない？　奥様が不倫をして、その証拠があれば、オアイコになるでしょ？　離婚しなくても済むしね」

玲香がにやっと笑った。

「それを、この俺がするんですか？　俺が部長の奥さんを寝取るんですか？　無理ですよ」

「無理じゃないわ。きみのこれがあれば……」

玲香が下腹部のイチモツに触れると、それがまた回復する兆しがある。

「ほらね、また硬くなってきた。これがあれば、絶対に奥さんは落ちる」

「しかし、それは寝てからのことで、そこにいたるまでが大変ですよ。俺なんか相手にしてくれないですよ」

「大丈夫。わたしが部長と相談して、上手くやるから」

「無理だと思います」

「ふふっ……部長の奥様、真喜子さんっておっしゃるんだけど、これがすごい美人なのよ。三十九歳で、和服の似合う令夫人って感じ。女のわたしだって、惚れぼれするほどよ。だから、きみも実際に逢ったら、絶対にその気になると思うわよ」

そう言われて、光一は心が動くのを抑えられなかった。

「このとおり。頼みます」

玲香がいきなり正座して、額を擦りつけてきた。

一糸まとわぬ美女の土下座にそそられるものを感じながら、ふと疑問が芽生えた。

「頭をあげてください……前向きに考えますから。だけど、ひとつ疑問があるんですけど、玲香さんはその、どうしてこんなに部長の件に熱心なんですか？　俺みたいな者に土下座するなんて……俺、思ったんですけど、もし間違っていたら、ゴメンなさい。その部長の不倫相手って、もしかして、玲香さんじゃないですか？」

言うと、玲香が顔をあげて、ふっと微笑んだ。

「すごいわね。きみ、意外と洞察力あるのね」

「と言うことは……」

玲香がうなずいた。

「このことは絶対にこれよ」

口の前に人差し指を立てた。

「わたしはね、女が自分の身体を男に与えるのは、立派な交渉術のひとつだと考えているの。男性だって様々な方法で商談を成立させるでしょ？　接待とか、仲よくなったりとか、ひたすら下手に出て、相手の支配欲を満たすとか……女の最大の武器は何？　わたしの最大の武器は何？」

「でも、玲香さんならそんなことしなくても、自分の実力だけで充分出世できるでしょ？」

「甘いと思う、それは……わたしが今度課長に昇進するのだって、池谷課長と宇川部長の後押しがあったからなのよ。それがなかったら、わたしは出世できなかった。このままヒラのまま、結婚退職するのがオチよ。そういうものなの……きみも自分のことを考えたほうがいいと思うわよ」

光一は呆然として、二の句がつげない。

「夜はまだ長いわ……ビデオのまわっていないところで、もう一度しましょ」

婉然（えんぜん）と微笑んで、玲香はベッドのなかに潜っていった。すぐに、イチモツにねっとりとした舌がからみついてきた。

第四章　部長夫人を犯す

1

数日後、光一は銀座の高級クラブで、宇川人事部長と逢っていた。

光一がこれまで来たことのないような華やかなクラブで、しかも一緒にいるのは光一が会話をしたことさえない会社の重鎮なのだ。

これで緊張しないほうがおかしい。

二人の隣には、巨乳をさらに強調したような、胸のひろく開いたドレスを着たホステスが二人座っていて、媚びを振りまいている。

部長は上手く切り返して場を盛りあげている。しかし、光一はただただ畏まるばかりで、目の前の高級ブランデーをただただ舐めている。

「部長さん、この方、初々しくてかわいいわ。ふふっ、こうしたくなっちゃう」

隣に座っていた巨乳のベテランホステスがぐいぐいと胸を擦りつけてくるので、光一はあわてて腕を引く。

「あらっ、赤くなっちゃって……もう、この人、女心をくすぐるぅ……」

ホステスが笑いながら、手を太腿に置いてきた。光一はびっくりしたが、体は反応して、股間のものがズボンを突きあげる。

「あら、やだ……あそこがテントを張ってきた。もう……ほんと、かわいいんだから」

「おいおい、困ってるじゃないか……悪いが、少しの間、席を外してくれないか？」

部長が言って、二人のホステスは急に真顔になって、席を離れる。

すると、部長が席を詰めてきて、

「玲香から話は聞いていると思うが……」

スマホを取り出して画面を開き、一枚の写真を光一に見せた。

「これが、うちの家内だ……真喜子、三十八歳」

部長が手にしたスマホの画面には、和服を着た絶世の美女が映っていた。

息が詰まった。

玲香に和服の似合う美人よと言われていたが、今、画面に映っている女は、光一の想像をはるかに超えた絶世の美女で、男ならすれ違っただけで二度見をしてしまうだろう。

鼻筋が通り、口はやや小さいが唇はちょっと厚めで口角が切れあがっている。淑やかでありながら、色気もただよっている。

（こ、この絶世の美女を抱かせてもらえるのか？）

これが現実だとは思えない。何かの間違いなのではないか？　いっこうに、実感が湧いてこない。

「いい女だろ？」

部長が自分の妻のことを、他人の女のように言う。

「ええ、すごく……ああ、すみません」

「いいんだ……こういうのもあるぞ。三年前にハメ撮りしたときのものだ」

部長が画面をタップすると、映像が流れた。

（ああ、これは……？）

部長の腹のうえにまたがった美しい女が、ぐいんぐいんと腰を振っていた。

顔を見ると、紛れもなく妻の真喜子だった。

真喜子は一糸まとわぬ姿で、腰を前後に揺するたびに、たわわな乳房が揺れ、

『あんっ、あんっ、あんっ……ぁあああ、あなた、いいのぉ』

喘ぎ声がスマホから聞こえる。音量が小さいので、店の騒音にかき消されて、二人以外には聞こえないはずだ。

(ああ、色っぽすぎる！)

さっきふくらみかけていた分身が、今度は一気に力を漲らせた。

スマホの小さな画面のなかで、真喜子が足を開いて、上下に腰を振りはじめた。たわわな乳房が縦に揺れて、

『んんっ、んんっ、ぁあああぁぁ……ダメっ』

真喜子のさしせまった声がスマホから流れる。

上で跳びはねていた真喜子がレンズのほうに突っ伏してきて、そこで部長がスマホを置いたのだろう。ベッドが映って、画面が途切れた。

「どうだ？　こんないい女を抱きたいだろ？」

部長が顔を寄せて、囁く。

「それはもう……でも、俺では無理だと思います」

「そうは思わんな。佐藤くんは、抜かずの二発ができるそうじゃないか……今もおっ勃てているしな」

部長がちらりと、ズボンの股間に目を落とした。

「あっ、これは……」

あわててテントを隠して、言った。

「でも、その段階まで行けないですよ、俺では……」

「そこが問題なんだが……玲香から聞いたんだが、池谷の家に泊まりに行って、そこで女房を寝取ったらしいじゃないか。今度、時期を見計らってきみと呑んだ後で、部下が帰れなくなったからと家に連れていく。そこで、真喜子を寝取ってくれ。隠しカメラを仕込んでおくから……それでどうだ？」

「はあ。しかし……」

「大丈夫だ。最近、真喜子の身体に触れていないから、あいつはきっとうずうずしてると思うぞ。この前は、あいつが使っているバイブを見つけたしな。真喜子の身体は触れなば落ちんというところまでいっている。だから、きみがちょっとその気を見せれば……やってくれんか？」

光一の気持ちは大いに動いた。しかし、もし失敗したら……と思うと、なかなか踏み切れない。ためらっていると、部長が口調を変えて言った。

「佐藤くんは、今度うちではじめる『日本茶のブランド化プロジェクト』に参加したいんだろ？　玲香から聞いたよ。どうだ？」

「はい、それはもちろん、参加したいです。日本茶に関しては、誰にも負けないと思っています。でも、お声がかからなくて……」

「それはいかんな。人材発掘は我が社にとっては、重要課題だからな……プロジェクトにきみを入れるように口利きをしてもいいぞ」

「えっ、ほんとうですか？」

「ああ……私が言えば、確実に参加できる。ただし……わかっているな？　うちの嫁を抱いてやってくれ。頼むよ、このとおりだ」

他人に頭をさげないことで有名な宇川部長が、自分のような平社員の前で深々と頭を垂れている。

それほどに奥さんとの関係は緊急を要する逼迫した問題なのだろう。心を決めた。

「……部長、頭をあげてください。やりますから。やらせてください」

そう答えると、部長がようやく顔をあげた。光一の手を握って、両手で握手しながら、言った。

「頼むぞ。上手くやってくれたら、悪いようにはしない」

「わかりました。やります」

光一は気持ちを込めて、部長の手を握り返した。

「ありがとう……よし、今夜はパーッとやろう。おーい、ママ。こっちに三人呼んでくれ」

部長が声をかけると、和服姿の美人ママが笑顔で近づいてきた。

2

一週間後の深夜、光一は宇川部長の家にいた。

高級住宅街のひろい敷地に建つ瀟洒な邸宅で、リビングも広々として、置いてある家具もほとんどが外国のブランド物だ。

深夜に到着すると、和服に身を包んだ奥さんの真喜子が出迎えてくれた。

課長と違うのは、部長が家に来るまでに『今夜は部下をひとり連れていくから。大切な男だから、きちんと対応してくれよ』と家の真喜子に電話を入れたことだ。

今夜、呑みながら聞いた話では、真喜子は後妻で、五年前に再婚したのだと言う。子供は前妻との間に息子がひとりいたが、今は自立して家を巣立っているらしい。

部長が離婚を恐れているのは、これで二度目の離婚になってしまい、あいつは自分の女房さえコントロールできない男であるという烙印を押されたくないかららしい。

奥さんの真喜子は聞きしに勝るいい女で、この時間になっても着物に身を包んで、対応もやさしいし、気をつかってくれる。

光一は、部長はなぜこんないい女を放っておいて、と疑問に感じた。しかし、部長の不倫相手が佐々木玲香であることを考えると、それもありかなと思った。

玲香のように自分の美貌を売りにしつつ、そのシャープな頭脳で練った方法でせまられ、肉体を提供されたら、どんな男だって落ちるだろう。

真喜子は夫の不倫を知って、離婚をせまっていると言うが、光一の前ではいっさい夫婦の不仲は見せなかった。

さすがだな、と感じつつ、勧められるままに、シャワーを浴びて、一階にある客間に敷かれた布団に横になった。

しばらくすると、真喜子がシャワーを浴びて、二階へとあがっていく足音が聞こえた。

部長から、夫婦の寝室は別々だから、と言われていた。

さらに、真喜子の寝室に隠しカメラを仕込んだが、念のために、今、光一が泊まっている一階の客間にもカメラを仕込んだという話を聞いていた。

（どうしたらいいんだろ？　今から真喜子さんの部屋に行くべきか？　しかし、真喜子さんは全然隙を見せてくれなかったので、あまり話もできていない。いきなり行ったら、驚いて、警察沙汰になるんじゃないか？）

ただ、唯一部長が打ってくれた布石は、リビングでお茶を呑んでいるときに、

『佐藤はパッと見では優男にしか見えないだろ？　だけどな、じつはこいつすごい性豪らしいぞ。抜かずの二発が得意だそうだ。真喜子も信じられないだろ？　出してもまだ隆々としてて、そのまま二発目ができるそうだ。相手の女は感じすぎて、めろめろになるそうだ。そうだよな？』

部長にそう言われたことだ。

光一はあえて否定をせずに、苦笑いをして頭をかいておいたが、それを真喜子はどう受け取ったのだろう？

（興味を持ってくれたら、いいんだけど……）

頭を悩ましていると、階段を静かに降りてくる足音が聞こえた。静かな歩き方で、それが真喜子であることはわかる。

（うん……？）

身をこわばらせていると、リビンクで人の気配がして、それがずっとつづいている。

（真喜子さん、何をしているんだろう？　よし、ここは偵察に……）

光一は来客用のパジャマにガウンをはおって、リビングに向かう。

リビンクに顔を出すと、オープンキッチンとリビングの間に設けられた木製のカウンターの前に、ガウンをはおった真喜子が腰をおろしていた。

スツールに座っていた真喜子が、光一の姿を見て、

「あっ、ゴメンなさい。起こしてしまいましたね」

ウエーブヘアをかきあげて、光一を見た。

その悩ましすぎる姿や仕種（しぐさ）に、ドキッとした。

さっきの淑やかな着物姿とはまた違う、しどけなさがただよっている。

「あっ、いえ……いいんです。どうせ眠れてなかったんで……」

そう言って、光一は頭をかく。

「じつは、寝酒をやっていたの。あなたのせいじゃないのよ。このところ、全然寝つかれなくて……お酒を浴びるほどに呑まないと、眠れないのよ」

そう言って、また髪をかきあげた。

和装のときは髪を後ろでまとめていたのでわからなかったが、肩まで届く黒髪は柔らかく波打つウエーブヘアで、その大きく波打った髪が真喜子の美貌をさらに色っぽく見せていた。

そして、カウンターの上には、本場のスコッチウイスキーの瓶が立てられ、手許のタンブラーには、琥珀色の液体が三分の一ほど入っている。

「どう、佐藤さんも呑みますか？」

チャンスだった。

「はい。よろしければ……俺もなかなか眠れなくて」

「そうよね。枕が違うと、眠れないのよね。ここに座って」

真喜子は隣のスツールを指して、自分はキッチンにまわってタンブラーを取り出し、さらにチェイサーを用意して、カウンターに差し出す。

それから、こちらに来て、スツールに座って、本場のスコッチウイスキーを注いでくれる。

「スモーキーでピーティーだから、お口に合うかどうかわからないけれど……召しあがれ」

勧められるままにストレートウイスキーを舐める。

燻された香りとピートの匂いがして、強いが味わいのあるスコッチが喉を焼いてくる。

「美味しいです！」

感想を素直に口にすると、真喜子の顔がパーッと輝いた。

「よかったわ。ウイスキーの味のわかる人で……美味しいでしょ？」

「はい！」

「なかなか、この味のわかる人がいなくて……でも、よかった。わたしの味覚も満更でもないわね。ふふっ、佐藤さんに逢えてよかった……呑みましょ。カンパイ！」

真喜子が破顔して、タンブラーを差し出してくるので、光一もタンブラーを合わせる。カチンと乾いた音がして、それが静かな一階に響く。

それからだ。真喜子が急に砕けた様子で、親しみの情を見せてくれたのは。

きっと、これまで自分をわかってくれる人が少なくて、孤立感を味わっていたのに違いない。

部長が、真喜子は結婚する前、個人で雑貨品のセレクトショップを開いていたと言っていた。自分の好みに敏感な人なのだろう。

スコッチを舐め、チェイサーで口を潤しながら、もっと距離を近づけるために、

「そう言えば、奥様、結婚なさる前はセレクトショップをやっていらしたとうかがいましたが……」

切り出すと、真喜子が乗ってきた。

「そうなの。宇川から聞いた？」

「はい……」

「わたし、前から雑貨が大好きで、海外でこれという品を見つけては、店で売っていたのよ。でも、なかなか上手くいかなくて……それを助けてくれたのが、宇川だったの……」

真喜子が過去のことを話し出した。

話を聞きながら、光一の視線は真喜子の胸元に向かってしまう。

臙脂色のガウンをはおっていたが、下にはシルバーのおそらくシルクだろうネグリジェをつけていて、しかも、ぴたりと肌に張りついたシルクからは乳房のふくらみとポッチリした先端までが浮きでているのだ。

それに、シルバーの光沢あるネグリジェは襟元が深く切れ込んでいて、おそら

くノーブラだろう乳房のふくらみと谷間がのぞいてしまっている。

胸が大きいので、左右のゴム毬(まり)のようなふくらみが真ん中でせめぎあっている感じだ。

すると、話の途中で光一の視線に気づいたのだろう、

「あら、いやだ……どこを見てるの？」

真喜子が開いていたガウンの襟元をよじり合わせた。

「ああ、すみません……いや、話はきちんと聞いていますから」

「ほんとかしら？」

真喜子が悪戯っぽい目で光一を見た。

そのキュートさに胸打たれながらも、必死に答える。

「はい……聞いてました」

「……そう言えば、佐藤さん、さっき宇川が、あなたは抜かずの二発ができると言っていたけど……あれはほんとうなの？」

そう訊(たず)ねる真喜子の表情はからかっているというよりも、すごく真剣に見える。

「ええ……一応、事実です」

「ふうん、信じられないな……それは、実体験で言ってるのよね、もちろん」

真喜子が髪をかきあげながら、身を乗り出していた。ととのっているが、不思議に色っぽさを感じさせる顔が間近にせまってくる。襟元の手を離したので、シルクのネグリジェの胸も近づいてきた。

これだけ抜かずの二発に食いついてくるのだから、真喜子はセックスに興味があるのだろう。

眠れないというのも、おそらく、部長が相手をしてくれないから、悶々としてしまっているのだ。

これはビッグチャンスだ。

どうにかして、真喜子とベッドインしたい。

たとえ、目の前にニンジンがぶらさがっていなかったとしても、光一はそう願っただろう。それほどに、部長夫人は魅惑的だった。

思い切って、言った。

「……な、何なら、試してみますか？」

明らかにそれとわかるように、じっと胸元のふくらみを見た。

その視線を感じたのか、真喜子は襟元をぎゅっとつかんだ。それから、

「佐藤さん、随分と大胆なことをおっしゃるのね？　ここは、あなたの人事の鍵

を握っている人事部長の家なのよ。わたしは、部長の妻なのよ。ばれたら、大変なことになる……それをわかって、言っているの？」

真喜子が言う。試されているのだ。ここを突破すれば……。

ここは真喜子の胸に捨て身で飛び込んでいくしかない。女性は精神的な揺さぶりに弱いという。気持ちを伝えよう。そうすれば……。

「もちろん、わかって言っています。あの、その……じつは俺、今夜、ま、真喜子さんに逢った瞬間に恋に落ちました。ほんと言うと、こういう機会を待っていました。たとえ、これがばれて、自分が飛ばされてもかまいません……ま、真喜子さんを抱きたいんです。抱かせてください」

自分のなかにあるすべてを振り絞って言い、ドキマギしつつも、カウンターに乗っている真喜子の手をつかんだ。

真喜子は一瞬、ハッとしたように大きく目を見開いて光一を見た。それから、

「後悔しないわね」

確かめるように言うので、光一はこくんとうなずく。

と、真喜子が自分の手を握っている光一の右手を逆につかんで、はだけたガウンの胸元に持っていった。

シルクの柔らかくすべすべした素材を、たわわな乳房が押しあげていて、そこにおずおずと触れると、手のひらのなかで丸みがたわみ、

「んっ……！」

真喜子がびくんっとして、低く喘いだ。

（今だ！　このまま一気に……！）

光一はネグリジェ越しにたわわなふくらみを慎重に揉み、そして、明らかにそこが乳首とわかる突起を指先で捏ねると、

「んあっ……！　ああ、そこ、ダメ……弱いの」

真喜子が小声で言って、いっそう顔を寄せてきた。

そのまま、光一を抱き寄せて、唇を合わせてくる。

光一もそれに応えて、キスを受け止めながら、ネグリジェ越しに乳房をやわやわと揉みしだく。

二人ともカウンターの前のスツールに腰かけているので、やりにくい。しかし、気持ちを込めて唇を重ねていると、真喜子の舌が唇を舐めてきた。

唾液ののったなめらかな舌で光一の唇をなぞりながら、ぎゅうと抱きついてくる。

ちょっとスパイシーな大人びた香水に包まれて、光一も一気にセックスモードへと切り変わっていく。股間のものがすごい勢いでズボンを突きあげてきた。

それを感じたのか、真喜子の手が股間におりていって、いきりたっているものをつかみ、それから、ぎゅっと握ってきた。

真喜子はキスをやめて、スツールから降り、パジャマズボンを三角に持ちあげているものに視線を落とした。ふふっと微笑みながら、光一を見た。

柔らかくウエーブした黒髪をかきあげながら、勃起を揉みしだき、それから、ズボンとブリーフに手をかけたので、光一は尻を浮かす。

ズボンとブリーフがさがっていき、足先から抜き取られる。真喜子は剥きだしになった屹立に目をやって、

「元気一杯ね……宇川のここ、こうはならないのよ。わたしに飽きたのかもしれないわ。でも、きみはすごく元気……そう、そんなにわたしが欲しいの？」

真喜子が勃起に話しかけてくるので、イエスの意味を込めて、「うんっ」と丹田（たんでん）に力を込めると、分身がびくっと躍りあがって、

「あらっ？　今、うなずいたわよ。もう、かわいいんだから」

にこっとして、真喜子が身体を屈めながら、それに顔を寄せてきた。

「えっ……ここで？」

びっくりしている間にも、真喜子の唇がひろがって、一気に頬張ってきた。

腰を屈めた姿勢で、いきりたちに唇をかぶせて、包み込み、ゆったりと顔を打ち振る。

「ああ、くっ……ああ、奥様、こんなところでいけません。見つかっちゃいます……ぁああ、くうぅ、気持ちいい」

部長のことなど気にしなくていいのだが、実際にこう言うと、ほんとうに人事部長に隠れて、部長夫人といけないことをしているような気になる。

よほど餓えていたのか、真喜子はジュル、ジュルルと唾音を立てて勃起をすすりあげ、ちゅぽんと吐き出して、

「佐藤さんの部屋に行きましょ」

乱れた髪をかきあげながら、見あげてくる。

大きいけれども目尻の切れあがった艶めかしい目が、涙ぐんでいるかのように潤み、男に哀願するようなその表情がたまらなかった。

3

客間の和室に入ると、真喜子は敷かれている布団をちらりと見て、ガウンを肩から落とした。

現れた肢体を見て、光一のイチモツがまた、びくんと頭を持ちあげた。

それほどに艶めかしかった。

シルバーのネグリジェがぴったりと肌に吸いついて、その凹凸のある身体のラインを浮かびあがらせている。胸もデカいし、尻も発達しているが、ウエストが締まっていて、全体がとても女らしい曲線に満ちている。

宇川部長がこの人を後妻に選んだ理由がよくわかる。しかし、こんないい女でも男は飽きるものらしい。

現に、この部屋には隠しカメラが取り付けてあって、部長はその映像を真喜子に突きつけて、自分の不倫を揉み消そうとしているのだから。

（うん、待てよ……部長も真喜子さんには執着があって、ほんとうは別れたくないのかもしれないいな）

部長の不倫相手の玲香と、妻の真喜子の両手に花状態は、男にとって最高のシチュエーションなのかもしれない。

光一が裸になったところで、ネグリジェをつけたままの真喜子が近づいてきた。

光一に抱きつくようにして、布団になだれ込む。

女は受け身になって、とことん突かれたいものなのよ、という佐々木玲香の言葉を思い出し、ここは上になって、と真喜子を仰向けに寝かせる。

下になった真喜子は、ウエーブヘアを枕に散らせて、じっと見あげてきた。

「こうなったから、伝えるんだけど……宇川とは別れるつもりなのよ」

「えっ……そうなんですか？」

すでに知っていることだが、それを真喜子が口に出したことにはちょっと驚いた。

「ええ……宇川は不倫をしているの。だから……」

「知りませんでした」

「だから……佐藤さんは妙な罪悪感は持たなくていいの。わたしを好きにしていいのよ」

そう言って、真喜子は下から両手を伸ばして、光一の顔を引き寄せ、唇を合わせてくる。

　自分のような男に秘密を話してくれた。しかも、『好きにしていい』と言う。

（好きにしていいんだ。好きにして……！）

　光一はこの人を好きになりそうだった。いや、すでに好きになっている。

　いっそのこと、これが罠であることを教えようかと思ったが、さすがにそれはできなかった。

（ゴメンなさい……でも、その分、気持ちを込めてあなたを愛しますから）

　真喜子の舌が口腔にすべり込んできて、光一も舌をからめて、気持ちを伝える。

　ぷにっとした唇となめらかでよく動く舌を感じると、股間のものが嘶いた。

「ふふっ、またビクンって……」

　真喜子は唇を離して言い、下からチャーミングに微笑みかけてくる。

「すみません。真喜子さんだとこうなっちゃうんです」

「ふふっ、そんなにわたしのことが好き？」

「ええ……失礼な言い方ですが、一目惚れしました」

　そう言って、光一はネグリジェ越しに乳房に顔を埋めた。上からでもたわわだとわかるふくらみを揉みながら、顔面をずりずりと擦りつける。

それから、ふくらみをつかんで乳首を突きださせ、布地越しに突起をしゃぶった。

チューッと吸い込み、舌を打ちつける。

少しずつ湿って、突起の形とセピア色が透けでてきた。乳輪をつまむようにしてさらにせりださせ、そこを舌で上下左右に転がすと、

「んっ……んっ……」

真喜子は手の甲を口に当てて、声を押し殺していたが、やがて、

「ぁあぁ……あぁあ……感じる……感じるの、すごく……ぁあぁうぅ」

感に堪えないといった様子で、顎を高く突きあげる。

双乳の形に盛りあがったシルクの布地は、乳首を中心に唾液によるシミが円くついて、そこだけが変色し、乳首はおろか乳輪の粒々までもが透けでていた。

さらに、突起に舌を這わせていると、

「ぁああ、もどかしいわ……じかに……じかにお願い……」

真喜子が眉を八の字に折って、哀願してくる。

その表情にいっそうかきたてられて、光一は半袖のネグリジェの両端を持って、少しずつ引きおろしていく。

シルクの布が肩からおりていき、丸い肩がのぞき、さらに引きさげると、袖が腕から抜けて、ネグリジェが一気に腹部までさがった。

真っ白な乳房があらわになって、

「あっ……！」

真喜子が両手を交差させて、隠した。

その手をつかんで開かせると、お椀を伏せたような形のいい乳房が丸見えになり、

「ああ、恥ずかしいわ……」

真喜子が顔をそむけた。

光一はその乳首と乳輪の色に惹きつけられた。

セピア色だが艶やかな光沢を放って、男の欲情をあおってくる。

玲香のように透きとおるようなピンクもいい。だが、この生々しいセピア色にも惹かれる。

光一はしゃぶりつき、じかにそこに舌を走らせる。

おそらくDカップくらいだろう、ちょうどいい大きさのふくらみを揉みながら、頂上の突起を舌で転がし、チューッと吸うと、

「ぁあああうぅ……」

真喜子が顔をのけぞらせ、それから、自分があらわな声をあげたことに気づいたのか、あわてて、喘ぎ声を手の甲で封じる。やはり、二階にいる夫のことが気になっているのだろう。

光一が左右の乳首を交互にしゃぶりながら、もう一方の指で捏ねると、真喜子はもうどうしていいのかわからないといった様子で、くぐもった声を洩らし、顔を左右に振る。

いつの間にか、下半身ももどかしそうに揺れ、ネグリジェが張りついた下腹部がぐぐっ、ぐぐっとせりあがってくる。

（感じてくれている。いいぞ……！）

光一は乳房を離れて、下へ下へと顔を移しながら、ネグリジェの裾をまくりあげた。そして、膝をすくいあげて、開く。

「あんっ……！」

真喜子が両手でそこを隠そうとする。その手を外して、顔を寄せる。

甘酸っぱい性臭がふわっと香りたち、長方形に剃（そ）られた陰毛は濃く、びっしりと密生している。その流れが途絶えたところに、細長い蘭の花に似た雌芯が息づいていた。

やや褶曲(しゅうきょく)した細い陰唇が閉じ合わさって、びらびらの縁が蘇芳色(すおういろ)に色づいている。合わせ目に舌を走らせると、二枚貝が開くようにゆっくりとひろがっていった。

ハッとした。

内部の縁に近いほうはピンクで、奥に向かうにつれて、粘膜の色が濃くなり、底のほうは血の色にぬめっている。

そして、奥のほうの窪みには、何やら白濁した蜜があふれて溜まっている。

(すごい……!)

三十八歳の女盛りで、亭主に放っておかれて、欲求不満が溜まっているのだろう。

(もしかして、俺は真喜子さんが不倫をした初めての男かもしれないな)

もしそうだとしたら、最初の男に罠を仕掛けられていたことになる。

つくづく真喜子が可哀相になった。

しかし、同情ばかりはしていられない。自分も新しいプロジェクトに参加できるかどうかの瀬戸際なのだから。

内部の本気汁を舐めとるように、舌先を伸ばして狭間を行き来させると、舌の先に生牡蠣(なまがき)みたいな味覚を感じた。

どこからか新たな蜜があふれ、全体がオイルでコーティングされたようになって、どこを舐めてもぬるぬるとすべる。

そして、真喜子は声を喉に詰まらせて、まるで嗚咽(おえつ)しているみたいにがくっ、がくっと身体を震わせる。

持ちあがった足の親指が、湧きあがる快感そのままにぐっと外に反り、反対に内側に折れ曲がる。

足の指でジャンケンでもするかのようにグーパーを繰り返しながら、

「ぁああ、ぁああ……はぅぅぅぅ」

真喜子は大きく顎を突きあげて、洩れそうになる声を右手の人差し指を噛んで、必死にこらえている。

（そろそろ、ここも……）

クリトリスに照準を合わせて、鞘(さや)をかぶった肉豆をちろちろと舐めた。

そこは明らかに他の女性と較べても、大きかった。

舌を這わせている間にも、むっくりと頭を擡げてきて、ごく自然に鞘が剥け、本体が姿を現した。

珊瑚色にぬめる肉豆は神々(こうごう)しいほどの輝きを見せ、そこを舌で上下になぞり、左右にれろれろっと弾く。と、見る見る真喜子の気配が変わった。

「ぁああ、それ、ダメぇ……いや、いや、いや……弱いの。そこ、弱いの……ぁあああ、あああああ……あん、あん、あん、あんっ……」

真喜子は両手でシーツを鷲づかみにして、足をピーンと伸ばした。

弾きだされそうになりながらも、持ちあがった恥丘の底にしゃぶりついて、肉芽を吸い、舐めると、

「ぁああ、あああああ……入れて。入れて……」

真喜子がさしせまった声で訴えてきた。

絶世の美人が腰を振って、『入れて』とせがんでくる。

しかも、普通では絶対に手の届かない高嶺の花なのだ。

玲香としたときも思った。高嶺の花もベッドのなかでは変わるのだ。あさましいほどのメスになって、『入れて』と求めてくるのだ。

これまでつきあってきた四人とは、まるで違う生き物のように感じた。女をひとくくりにしてはいけないのだ。女もピンからキリまでいて、そのファーストク

ラスに位置する女性を抱いて初めて、女のほんとうの魅力がわかってくるのだ。

下腹部でギンとそそりたつものが、光一をせかしてくる。

光一は顔をあげ、真喜子のネグリジェを脱がせ、一糸まとわぬ悩ましい裸身を堪能しつつ、膝をすくいあげた。

縦に密生した翳りの底に切っ先を押し当てて、慎重に腰を入れていく。

ぬめりの底に切っ先がすべり落ちていき、窮屈なとば口を通過していく確かな感触があり、それが奥までめり込んでいくと、

「はうぅぅ……！」

真喜子が両手でシーツを鷲づかみにして、顎をせりあげた。

「くくっ……！」

と、光一も奥歯を食いしばっていた。

なかはトマトを煮詰めたようにどろどろで、しかも、ひどく温かい。こんなに温かい膣を経験するのは初めてだ。

膝裏をつかんだまま、光一はしばらく腰を動かすこともできずに、ただただ呻いていた。

すると、焦れたように真喜子の腰がくねりはじめた。

ぐねぐねと内部がうごめいて、とてもピストンどころではなくなり、膝を離して覆いかぶさっていく。

どうにかしてキスで誤魔化そうと、唇を合わせて、舌を差し込む。すると、真喜子は自分から舌をからめ、光一の舌を吸ったり、舐めたりしながらも、腰を揺らめかせる。

情熱的なディープキスを浴びせながら、光一の腰にすらりとした足をからめ、ぐいぐいと引き寄せて、結合部分を擦りつける。

セクシーすぎた。そして、気持ち良すぎた。

「ううっ……くっ！　出そうです」

唇を離して、思わず訴える。

「ふふっ、いいのよ。出していいのよ。抜かずの二発ができるんでしょ？　試したいの。ほんとうかどうか……ねえ、突いて。わたしをイカせて。最近、イカせてもらったことがないの」

「わ、わかりました」

射精するのと、相手を絶頂に導くのは矛盾するような気がする。しかし、光一の下半身はもうコントロールできなくなっていた。

腕立て伏せの格好で両手を立て、真喜子を見おろしながら腰を躍らせた。

すると、真喜子は自ら足をM字に開いて、屹立を深いところに導き入れ、光一の肘につかまりながら、

「んっ……んっ……んっ……」

突かれるたびに悩ましい声をあげて、顔をのけぞらせる。

お椀を伏せたような美乳がぶるん、ぶるんと縦に揺れて、セピア色にぬめ光る乳首も同じように揺れ動く。

「ぁあああ……ぁあああうぅ……響いてくる。ずんずん来るのよ……ぁあああ……もっと、もっとちょうだい！」

光一の肘をぎゅうとつかんで、哀願してくる。

こうなると、光一も期待に応えたい。

つづけざまに打ち込むと、真喜子の様子が逼迫してきた。

もう肘を握っていられなくなったのか、両手を開き、布団の横を鷲づかみにして、大きく顎をせりあげる。

「ぁあああ……ぁあああ……ぁあああああうぅぅ」

真喜子は猫が鳴いているような、女の子が泣いているような声をあげて、朦朧

としながらも、光一が律動を休むと、どうして？　もっとつづけて、とでも言うように、自ら腰を擦りつけてくる。

光一も限界を迎えていた。

深いところに届かせるたびに、奥の柔らかな箇所がますますふくらんで、そこを摩擦するごとに、抜き差しならない快感がひろがってくる。

「ぁああ、出しますよ。真喜子さん、出します！」

「ぁああ、ちょうだい。今よ、来て……来て……」

「おおぅ……！」

吼えながら激しく腰を動かす。

「すごいっ……ぁああ、あんっ、あんっ、あんっ……ぁあああ、イク、イク、イッちゃう！」

「そうら、イッてください！」

小刻みにピストンし、最後にぐいっと打ち込んだとき、至福が訪れた。

「おっ……あっ……」

射精しながら、真喜子を見た。

真喜子も気を遣っているのか、シーツを握りしめながら、がくん、がくんと震えている。

4

放ちながらも光一は心のどこかで、こんなに出したら、抜かずの二発は無理だろうと思っていた。

だが——。

奇跡が起こった。いや、これだけつづくと奇跡とは言えないだろう。

昇りつめてがっくりしていた真喜子が顔をあげ、光一を見あげて、にやっとした。

「ウワサは事実だったみたいね……あんなに出したのに、あなたのおチンチン、わたしのなかでカチンカチンだもの」

「そ、そうですか？」

「自分でわからないの？」

「いや、何となく……」

「う、後ろからしていただけないかしら？」

「バックからですか？」

真喜子はうなずいて、

「後ろからが好きなの」

恥ずかしそうに言う。

「了解です」

答えて、どうしようかと考えた。

抜かずの二発と言うくらいだから、結合を外してはマズいだろう。しかし、この格好でバックができるのか？

悩んでいると、真喜子が起きあがってきたので光一はいったん後ろに倒れる。すると、真喜子は腹の上で器用に半回転して、真後ろを向いた。

「最初はこの格好でいいわ」

そう言って、ぐっと前に屈んだ。

（おっ……！）

風船を二つくっつけたような尻とその狭間に、セピア色のアヌスがのぞき、さらに、その下の女の口が肉柱を途中まで呑み込んだ様子が目に飛び込んでくる。

その光景に感動していると、何と、真喜子がたわわな乳房を光一の膝付近に擦りつけはじめたではないか。

柔らかくてつるつるした塊が足を押しながらすべり、尖った乳首に膝頭が触れるのか、

「あっ……あんっ……気持ちいいわ」

真喜子はこちらに向けて突きだしたヒップを、くなりくなりと揺らしながら、乳首を擦りつけてくる。

（ああ、すごい……こんなのは初めてだ！）

そのとき、真喜子がさらに前に上体を倒した。

そして、光一の足の甲から足指にかけて、ぬるっ、ぬるっと舐めはじめた。

（えええっ……！）

びっくりした。女性に足を舐められたのは初めてだ。しかも、相手は絶世の美女である部長夫人なのだ。

「奥様、ダメです。舌が汚れます。いけません、そんなことをなさっては……」

思わず言う。

「いいのよ。これはわたしの気持ちだから。わたし、おチンチンでイッたのはほんとうにひさしぶりなの。だから、これはお礼よ」

真喜子はこちらを振り返ってやさしい、菩薩のような笑みを浮かべ、また舌を這わせる。

ぐっと前に上体を伸ばして、ついには足の親指を舐める。ぬらり、ぬらりとなめらかな舌が親指を這う。若干くすぐったいが、気持ちがいい。

と、親指が温かい口腔にすっぽりとおさまった。

「ああ、いけません、そんなこと……あ、くっ……」

光一はひろがってくる快感に酔った。

はっきりとは見えないが、おそらく、真喜子は親指を頬張って、まるでフェラチオするかのように唇をすべらせているのだ。

しかも、目の前では、自分のイチモツが豊かな尻たぶの底に埋まっている。

「んっ、んん、んっ……」

真喜子が顔を打ち振りながら、尻を振る。

親指をフェラチオされながら、本体も温かい膣で揉み込まれている――。

(女の人って、こんなことまでしてくれるんだ！)

二十六歳で女性経験の少ない光一には、こうやって女性と接することのひとつひとつが勉強であり、発見だった。

そして、真喜子は親指ばかりか、薬指、中指……と丹念に一本一本を頬張り、ついには小指も咥えてちろちろと舐めてくる。

そうしながら、腰を前後左右に振って、屹立を揉み込んでくれる。

こういう献身的なことをされると、自分も精一杯セックスして、真喜子を悦ばせたいと思う。

真喜子がちゅぱっと小指を吐き出して、

「ねえ、突きあげて」

もどかしそうに腰をくねらせて言う。

光一は米つきバッタのようにパッタン、パッタンと全身を使って、突きあげてやる。すると、真喜子は股間の上でさかんに撥ねて、

「あんっ、あんっ、ああん……いい……突き刺さってくるぅ」

光一の太腿に両手を突いて、いい声で喘ぐ。

もう真喜子の脳裏からは、同じ屋根の下で夫が寝ているという事実が消えてしまっているようだ。それほど、夢中になってくれているということだ。

しかし、この体勢では思うように突けない。

光一は腹筋運動の要領で上体を持ちあげ、それから、真喜子の尻を持ちあげな

がら自分は足を抜く。

そして、四つん這いにさせた真喜子の後ろにぴたりとつく。足を抜くときに外れそうになったが、どうにか結合したままこの体勢に持っていけた。

上から見る真喜子はウエストが細くて、そこから急峻(きゅうしゅん)な角度でせりだしている尻のラインがとても肉感的だ。

光一はそのくびれた細腰を引き寄せて、ゆったりと打ち込んでいく。

蜜にてかる肉柱が女の肉花を後ろからこじ開けていき、それを数回つづけると、真喜子の喘ぎ声が洩れはじめた。

「あんっ……あんっ……ぁあああ、いい……響いてくる。ズンズン、響いてくるのよ。これよ、これが欲しかったの……」

流線型のボディを前後に揺らしながら、真喜子が言う。思い切って訊いてみた。

「ぶ、部長はそんなにしてくれないんですか？」

「ええ……相手の女に骨抜きにされているのよ。わたしはゴミのように扱われているわ。でも、いいのよ、宇川のことは。別れることに決めたから……ああん、ちょうだい。思い切り突いて。あの人のことを忘れさせて」

真喜子が言って、せがむように腰をくねらせた。

「行きますよ。うおおっ！」

光一は吼えながら、腰を叩きつけた。

パチン、パチンと音が爆ぜて、

「んっ……んっ……んっ……ぁああ、響いてくる。頭の先まで響いてくるわ……すごい、すごい……こんなの初めて……あああ、もっと、もっとちょうだい」

真喜子が腰を自分でも前後に揺らして、せがんでくる。

「行きますよ。そうら」

ダダダッとつづけざまに機関銃のごとく連射すると、

「あん、あん、ああんっ……ぁあああああ、くっ！」

真喜子は四つん這いのままのけぞり返った。

がくん、がくんと躍りあがってから、操り人形の糸が切れたように前に突っ伏していった。

光一もその後を追って、腹這いになった真喜子に覆いかぶさっていく。

背後からぴったりとくっついた。うつ伏せになった真喜子の丸々とした尻だけが持ちあがって、その狭間に肉棹が嵌まり込んでいる。

はぁはぁはぁと息を切らしていた真喜子が、光一の手をつかんで言った。

「まだ出していないのね？」

「ええ、すみません」

「謝ることじゃないわ。むしろ、誇っていいことよ。また、イッちゃったわ……イッてもイッても、あなたのはカチカチなのね。こんなすごいおチンチン、初めてよ」

「そ、そうですか？」

お世辞だとしても、うれしい。

「ええ……ぁああ、こうやってお尻を振ると……いるわ。カチンカチンのあなたがいる……信じられない。ぁあああ、ああ、気持ちいい……気持ちいいのよぉ」

真喜子が尻だけを高く持ちあげて、くなくなと揺する。

美女が貪欲になる、その仕種がいやらしすぎた。

光一は腕立て伏せの形で腰をややあげて、真喜子の尻が動く余裕を作ってやる。

すると、真喜子は自分で腰を振って、呑み込んでいる肉柱を揉み抜いてくる。

「ぁああ、ねえ……ねえ……ちょうだい。ください……お願い、ください」

最後は哀願してくる。

（ああ、部長夫人が俺ごときに……！）

光一は期待に応えようと、後ろから突き刺していく。

真喜子はやや下つきのようなので、この寝バックでも打ち込みやすい。強く沈み込ませると、豊かな尻たぶがぶわわんと押し返してきて、その感触が心地よい。

ぐいぐいとえぐり込んでいくと、

「んっ……んっ……ぁあああ、いいの……もっと、もっと強くして！　お願いですぅ！」

「うおおっ！」

光一は抜けないように気をつけながら、大きく腰を振って、叩き込んでいく。

ぐさっ、ぐさっと屹立が尻たぶの底にめり込んでいき、いっそう窮屈になった膣を押し広げていき、

「ぁああ、イクわ、イク……また、イッちゃう！」

真喜子が打ち込みを深いところに届かせようと、腰だけを高々と突きあげる。

つづけざまに打ち据えると、光一もさしせまってきた。

二度出したら、さすがにもう次はない。しかし、もう我慢できない。我慢する必要もない。

最後の力を振り絞って叩き込むと、持ちあがった真喜子の尻もその圧力でもって上下に揺れて、それをふせごうと真喜子が必死に尻を持ちあげているのがわかる。

「あん、あんっ、あんっ……イクわ。イク……あなたも出して……今よ、今……やぁあああ、あああああああ……くっ！」

真喜子が嬌声(きょうせい)をあげて、尻を突きだしてきた。

たわわな弾力を感じながら、壊れろとばかりに打ち込んだときに、光一も放っていた。

声をあげながら、しぶかせる。二度目だから量は少ない。それでも、真喜子の体内がひくひくっと締めつけてきて、残りの液が搾り取られていく感覚が気持ちいい。

打ち尽くして、覆いかぶさっていく。

真喜子はいまだエクスタシーの残滓(ざんし)を味わっているのか、時々、痙攣が肌を走る。

あまり体重をかけていても、と接合を外して、ごろん、とすぐ隣に横になる。

はぁはぁはぁと荒い呼吸がちっともおさまらない。

素晴らしいセックスだったという満足感と、この映像を部長に握られては、真喜子はもう離婚どころではなくなるだろう。ほんとうに申し訳ない――という後ろめたさが同居している。

これが罠だったとはつゆとも思っていないだろう真喜子が、掛け布団をかけてくれる。

「もう少しだけ、一緒にいさせて……恥ずかしいけど動けないの。感じすぎて……」

そう言って、ぴたりと横にくっついてくる。

「すみません」

「あら、どうして謝るの？　宇川のことは気にしなくていいって言ってるでしょ？」

真喜子が顔を寄せてきたので、とっさに腕枕していた。乱れた黒髪を撫でると、

「ふふっ、わたしたち恋人同士みたいね」

真喜子が頬擦りしてきた。

光一は何も知らない真喜子を、ぎゅっと抱きしめた。

第五章　新しい獲物を寝取れ

1

光一は新しく発足されたプロジェクト『日本茶のブランド化』の一員として、多忙な日々を送っていた。

光一と真喜子との一夜を録画した映像を利用して、宇川部長はどうにか離婚の危機を乗り越え、そのご褒美として、光一はプロジェクトへの参加を認められた。

この日、光一は佐々木玲香とともに、八百萬（やおおろず）の神が降りてきたと言われる風光明媚な地で採れる緑茶の調査をするために、宮崎県のTに来ていた。『神の茶』として、世界へと輸出するためである。

玲香ももちろんプロジェクトの一員だった。

朝から夕方までお茶の品質や採取量を細かく調査し、その後、鄙（ひな）びた旅館に泊まった。

食事処で遅い夕食を摂り、その後、温泉につかってから、玲香が光一の部屋にやってきた。

明日の打ち合わせという名目だか、玲香は旅館の浴衣に袢纏(じゅばん)を着て、いつもながら色っぽく、しかも、日本酒を呑みながら、炬燵(こたつ)に入っての打ち合わせなので、光一の股間は疼いてしまう。

「はい、これで終わり」

玲香が立ちあがり、炬燵をぐるっとまわって、光一に背後から抱きついてきた。あまりにも唐突な誘いだったが、洗い髪のふわっとした香りが鼻孔をくすぐり、明らかにノーブラとわかる胸のふくらみを感じて、光一の股間は早くも反応をしはじめる。

玲香が後ろから甘く囁いてきた。

「きみに、頼みがあるんだけど……」

「えっ？　何ですか？」

「きみの耳にも入っていると思うけど……Mフーズがうちと似たプロジェクトを進めているの。知ってるよね？」

「ええ、競合しちゃうなって思ってました」

Mフーズは食料の専門商社であり、飲料関係においては、うちと時々、重複する。いわば、ライバル会社である。

そのＭフーズが、日本茶をフューチャーして大々的に海外にも売りだそうとしているという情報は我が社にも入っていて、上層部は頭を悩ませていた。

「そのＭフーズのプロジェクトリーダーをしているのが犬飼孝之で、四十三歳の課長なんだけど、この人がすごい遣り手なの」

「そうらしいですね。そういうウワサはよく聞きます。あそこは犬飼さんで持ってるようなものだって」

「そうなのよね……会社が競い合うのは仕方がないと思うのね。でも……やり方がね……犬飼って、会社の利益のためなら何をしても許されるという、極悪非道のマキャベリストなのよ。それで、うちも犬飼をどうにかしないといけないんだけど……」

そう言って、玲香は光一の浴衣の襟元から手をすべり込ませてきた。

さっきまで炬燵に入れていたせいか、手は温かい。そのすべすべして、しなやかな手で胸板を撫でられて、光一はぞくっとする。

「犬飼には唯一の弱点があるの。何だと思う？」

玲香が耳元で囁いた。

「……わかりませんが……まさか、女だったりして」

「ふふっ、当たらずとも遠からずってところね……じつはね、犬飼はものすごい愛妻家なの」

「愛妻家なら、いいんじゃないですか？」

「それが、そうでもないのよ……奥さん、日菜子(ひなこ)さんって言うんだけど、十五歳年下の若妻なのよ」

「ということは……二十八歳ですか？」

「そうなるわね。じつはこの女が相当なじゃじゃ馬らしいのね。名家の令嬢らしいんだけど、我儘(わがまま)に育ったから、勝気で自由奔放で、男を振りまわすのが生きがいみたいな女なの。はたから見ると、どうしようもない女なんだけど、そういう女ってつきあってみると、意外と魅力的なのね。男って、小悪魔が好きでしょ？」

「えっ……？　ああ、はい……」

「犬飼がこの日菜子に首ったけらしいの。自由気ままな女だから、心配らしくていつも日菜子に電話を入れて、今何をしているのかって訊いているそうよ。だから……」

玲香がいったん言葉を切って、つづけた。

「『将を射んと欲すれば、まず馬を射よ』……きみに、日菜子を寝取ってほしいのよ」

「はっ……！」

「きみなら、大丈夫。できるわ」

「いやいやいや……無理ですよ」

「だって、実績があるじゃない。上司の妻を二人も寝取ったわ。違う？」

「それはみなさんの協力があったからですよ。そんな、ライバル会社の課長夫人なんて、絶対に無理です」

光一は強く言う。

「大丈夫よ。わたしたちも協力するから。いい？　これは、プロジェクトの命運を握っているのよ。わたしだけじゃないの。池谷課長も宇川部長も協力を惜しまないって言ってくれているの。だから、やって……お願い」

玲香が耳元にフーッと息を吹きかけてきた。それから、耳たぶを舐めながら、手をおろしていく。

浴衣の前を割って、ブリーフ越しに股間を撫でさすり、揉んでくる。

（これは絶対に、身体で落とすってやつだよな……）

わかっている。しかし、男にはわかっていても太刀打ちできないことがあるのだ。

「ふふっ、もうカチカチになってきた……」

玲香はそう言って、光一を後ろに倒し、自分は炬燵布団をあげて、足のほうから潜り込んでいった。

そして、炬燵布団から上体だけを出す形で、光一のブリーフをおろしていく。足先から抜き取ったブリーフを炬燵の外に放った。

光一は炬燵に足だけを突っ込んでいる。そして、はだけられた浴衣からは、肉の塔が斜め上方に向かってそそりたっている。

玲香がいきなり頬張ってきた。

自分でもびっくりするほどにいきりたつものを口におさめて、ずりゅっ、ずりゅっと唇でしごいてくる。

「ああ、くっ……！」

プロジェクトに参加してから多忙で、女体に触れていなかった。それもあるのだろう、尋常でない角度で分身がいきりたっていて、そこを柔らかな唇でしごかれると、得も言われぬ快感がうねりあがってきた。

「うん、うん、うん……！」

玲香は激しく唇をすべらせてくる。

「くうぅ……気持ちいいです」

思わず声に出すと、いきなり玲香がチュパッと吐き出して、唾液まみれの肉棹を握って言った。

「さっきの件、やってくれるわね？」

「やる気はあります……しかし……」

「してくれないなら、もう、きみとは一切こういうことはしないから」

そう言って、玲香が肉棹から指を離した。

「ぁああ、つづけてください！」

「じゃあ、やるのね。やってくれるのね？」

光一は悩んだ。つづけてほしい。しかし、自分の手に余る職務だ。失敗する可能性も高い。返事に躊躇(ちゅうちょ)していると、玲香が溜息まじりに言った。

「わかったわ。できないと、部長にも報告しておくわね。残念ね、自分で出世の道を閉ざすとはね」

「ああ、ちょっと待ってください。引き受けないとは言っていません」

「じゃあ、やるのね」

「……はい、やります」

「いいわ。詳しいことはまた連絡するわ。大丈夫よ。きちんと段取りはつけるから。いいわね？」

「はい……やらせてください」

「ふふっ、いい子ね。きみはわたしたちの秘密兵器なのよ。とても大切な存在なの。自信を持って。いいわね？」

「……はい」

「ふふっ、それでいいわ。じゃあ、今夜はたっぷりとご褒美をあげる」

玲香が股ぐらに潜り込んだ。

ストレートロングの髪をかきあげながら、裏筋をツーッと舐めあげられると、ぞくぞくした快感が込みあげてきた。

2

二週間後の昼間、光一はトレーニングジムで汗を流していた。

平日の午前十一時、普通の会社員ができることではない。光一がここに通いはじめて十日ほどが経過する。これは仕事であった。しかも、とても大切な。

じつは、このジムには犬飼日菜子が通っていて、彼女と親しくなるためにここに通えとの命令がくだっていた。

今も、光一が使っているランニングマシンのすぐ隣のマシンでは、日菜子が走っている。

髪はポニーテールにまとめているが、外でも着けられるスポーツブラをして、下はカラフルなデザインのスパッツを穿いている。

したがって、ランニングマシンの上で走ると、ゆっさゆっさとスポーツブラに包まれた胸のふくらみが揺れ、ポニーテールも揺れる。

全体はスレンダーで尻も小さめだが、胸だけが立派だ。

顔は、テレビなどで小悪魔的な役を演じることが多い女優に似ている。

造作ははっきりしていて、目も大きく鼻筋も通っているが、各パーツが真ん中に寄っていて、それが他人には、険しさのようなものを感じさせてしまうのだろう。

光一はジムで日菜子と逢うのはこれで三度目だが、その間、彼女が笑うところを見たことがない。これで、にっこり笑えば、さらに魅力が増すと思うのだが、彼女が笑顔を見せないのは何らかの理由があるに違いない。

犬飼は子供が欲しいのだが、なかなかできなくて、そのことを日菜子が気にしているというウワサもある。

今日こそはどうにかして、日菜子をランチに誘いたい。

そのためには……。

光一はマシンの速度をあげ、それについていけないふうを装って、

「うわっ……！」

素っ頓狂な声とともに、後ろに転んだ。

「佐藤さん、大丈夫ですか？　無理しないでくださいよ」

若い男性トレーナーが駆け寄ってきて、光一を助け起こしてくれる。

「はい、すみません。大丈夫ですから」

そう言いながら、日菜子を見る。日菜子はマシンの上できれいなフォームで走りながら、爆笑している。

彼女が笑うのをはじめて見た。思ったとおり、魅力的だ。

じつは、日菜子はダメな男に弱いという情報が入っていた。どうやら本人はS

で、男を翻弄するのが生き甲斐らしいのだか、その反面、弱い男を見るとからかいたくなるのか、妙に興味を示すらしいという情報が入っていた。

したがって、光一はわざと転んで、気を引いたのだ。

トレーナーに、後は自分でやりますから、とまたマシンに乗ったとき、日菜子がマシンを止めて、近づいてきた。

「佐藤さんの場合、このくらいがいいんじゃないかしら?」

汗をタオルで拭きながら、速度を調節してくれる。スポーツブラをした胸のふくらみにどうしても視線が行ってしまう。

ほんとうにスタイルがいい。胸はおそらくEカップはあるだろう。ウエストが両手でつかめそうなほど細いから、いっそう巨乳が強調されている。

「ああ、いいですね。すみません。助かります」

マシンの上を走りながら、礼を言う。

「佐藤さんとはもう何度か、お逢いしていますよね?」

日菜子が乗ってきた。おそらく、さっき無様に転んだその姿を見て、何かそそられるものがあったのだろう。

「はい……日菜子さんとおっしゃるんでしょ? すみません。女性トレーナーとの会話が聞こえてしまって、名前を覚えました。おきれいでスタイルがいいから、自然に覚えてしまいます」

「ふふ……」

「そうだ。ひとつずつでいいんですけど、俺、器具の使い方が全然わからなくて……よろしかったら、教えていただけないでしょうか？」

光一は今だとばかりに、踏み込んだ。

日菜子は自分が上に立っている状態を好むようだから、ダメな男に教えることは嫌いではないはずだ。

「トレーナーさんはつけていないの？」

「はい、お金がなくて」

「そう……で、佐藤さんは身体のどこを鍛えたいのかしら？」

日菜子が小首を傾げたので、光一はマシンを止めて、

「最近、腹が出てきたので、まずは腹筋を鍛えてお腹を引っ込めたいんですが……」

「じゃあ、アブドミナルかな……来て」

どうやら、日菜子はやる気になってくれたようだ。夫の犬飼を振りまわしこそ

すれ、頼られることがないので、新鮮なのだろう。

椅子を改造したようなマシンの前に来て、

「まずわたしがやるから、見ていて」

そう言って、日菜子はシートに座り、調節をし、上のレバーを握って、身体を屈曲させる。

ピチピチのスパッツを穿いているから、すらりとした理想的な脚線があらわになってしまっている。そして、スポーツブラに包まれた大きな胸は前屈するたびに、深い谷間がのぞいて、光一はドキドキしてしまう。

光一もフィットタイプのハーフパンツにTシャツという格好なので、股間がもっこりしてくると、ばればれだった。鎮まれ、鎮まれとムスコに語りかける。しかし、日菜子が前屈するたびに、たわわな胸が揺れ、しかも、谷間がのぞくので、否応なしに反応してしまう。

「じゃあ、やってみて」

日菜子が立ちあがり、光一は股間を隠しつつ椅子に座る。しかし、肘をパットに置いて、レバーを持たなければいけないので、自然に手が股間を離れる。

しかも、足をやや開いているので、ハーフパンツの股間は丸見えである。

日菜子の視線がちらりと股間に落ちたのがわかった。

最初はびっくりしたように目を見開いたが、すぐに驚きが謎の微笑に変わり、

「そのまま、お臍を覗き込むようにして。はじめて……」

冷静に言う。光一がそれを繰り返していると、

「上手いわよ。1、2で覗き込むようにして、3、4、5、6で伸ばすのよ。はい、1、2、3、4、5、6……そうそう上手よ。二十回やろうね。つづけて」

リズムを取りながら、日菜子は正面に立った。

手を膝に持っていき上体を前に折ったので、スポーツブラに包まれた乳房が下を向き、深い谷間がのぞいた。

しかも、日菜子は光一のエレクトした股間に視線をやりながら、くなり、くなりと腰を誘うように揺すっている。

（ああ、これは絶対にわざとやっている。俺を挑発して、股間をますますもっこりさせて、それを愉しもうというのだな……ダメだ。昂奮するな。ダメだ……）

光一は必死に自分のイチモツに言い聞かせる。だが、ちょっと気を抜くと、

「ほら、ラクしようとしている。お腹に力を入れて。気持ちを腹筋に集めて！」

日菜子の容赦のない叱咤が飛んでくる。

光一はふたたび集中しようとするのだが、日菜子が両手で胸のふくらみを挟みつけるようにして強調するので、股間のものが反応して、完全にいきりたってしまった。

「チ×コが勃ってるわよ。いやらしい男ね。そんなにわたしが欲しいの?」

テントを張っている股間を見て、日菜子が近づいてきた。

耳元で囁く。

「えっ……あっ、はい」

「バカね、甘いわよ……あなたなんかに許すわけがないじゃないの」

耳元できついことを言う。しかし、マシンの死角で、右手を伸ばして、テントを張っているそれをスパッツ越しに撫でさすってくる。

「ああ、くっ……!」

「何、いやらしい声出してるのよ。つづけて」

日菜子があっさりと離れた。

甘く誘いながらも、イエスと答えるとバカ呼ばわりされる。きついことを言いながらも、大胆に股間を触ってくる。

これが、日菜子の男を翻弄する方法か……。

狡すぎる。こんなことをされたら、どんな男だって陥落してしまう。

「そのまま、しばらくつづけるのよ。わたしは向こうでアブダクターを使うから」

そう言って、日菜子が反対側のマシンに座った。距離は通路を挟んで、二メートルくらいか。

日菜子はマシンに腰をおろすと、閉じた膝の両側にパットのようなものを当てた。

(な、何をするんだ?)

いったん休憩を取って眺めていると、日菜子がいきなり足を開きはじめた。

それもハンパな角度ではない。

百八十度とは行かないが、それに近い角度で足がひろがっている。外側から押しているパットを無理やりに開いている感じだ。

(そうか……これは足を鍛えるためのマシンか……)

しかし、卑猥すぎる。

ぐっ、ぐっと足をひろげるたびに、カラフルなスパッツに包まれた足が鈍角に開き、太腿はおろかその付け根まではっきりと見える。

いや、もともとスパッツは見えていいように作ってある。しかし、その動作自体がいやらしすぎた。

ぐっ、ぐっと足を全開させて、あそこを丸出しにするのだ。

しかも、日菜子は髪をポニーテールにまとめた小顔の、やたら胸のデカい二十八歳の人妻なのだ。

こんなことをされて、平常な精神と肉体を保てる男などいやしない。

おさまりかけていた勃起がまたはじまり、しかも、今度はさっきより激しい。

(ああ、いけない。これでは丸見えだ!)

日菜子はガバッ、ガバッと大胆に足を開きながら、正面にいる光一を見て、婉然と微笑んでいる。

その小悪魔的な視線が露骨に光一の股間に落ちる。

ハーフパンツはあさましいほどに三角に持ちあがっている。

光一がまた腹筋運動をはじめたのは、その勃起を隠したいがためだ。しかし、どんなに前屈しても、股間のふくらみは隠れない。

そして、日菜子はじっと光一のイチモツを眺めながら、まるで挑発でもするかのようにガバッ、ガバッと足を開くのだ。

しかも、足を開ききった状態で負荷に耐えて、じっとしている。お股を全開しつつも、目を細めている。

モリマンなのか、スパッツの下腹部はこんもりと盛りあがっていて、しかも、よく見ると、うっすらと縦にクレヴァスが走っているのがわかる。

（くうぅ、たまらない！）

光一は座ったまま、下半身をぐいぐい突きだした。

すると、その動きの意味をわかったのだろうか、日菜子がにやっとして立ちあがった。近づいてきて、

「ちょっと来て」

光一の手をつかんだ。

3

光一が連れていかれたのは、個人レッスンをつけるための小さな部屋で、

「ちょっと待っていて」

日菜子は誰もいないことを確認したのか、すぐに出てきて光一の手を引く。

部屋には等身大のミラーが張られ、幾つかのマシンが置いてあり、床には巻き取り式のラバーシートが敷いてあった。

内鍵を締めるなり、日菜子が抱きついてきた。

「大丈夫よ、ここは。しばらく空いてるみたいだから」

そう言って、唇を合わせてくる。激しく唇を押しつけながら、光一の股間をまさぐってきた。

「くっ……んんんっ」

光一は思いの外、上手くいって、内心ではよし、と思っていた。これも、きっちり十日間、通いつめた成果である。いきなりではこうはいかなかった。それに、日菜子に好かれるように、ダメな男の演技もした。

しかし、まさかいきなりレッスン室に連れ込まれるとは……。

日菜子の奔放さに驚いた。

そしてまた、日菜子は夫に愛されているから、性的には満たされているのではと思っていた。が、いきなり股間をまさぐってくるのだから、そうではないのかもしれない。

だいたい、ほとんど会話も交わしておらず、日菜子は光一が何者なのかもわかっていないはずだ。

様々な思いが一瞬にして脳裏をよぎった。

だが、日菜子はとてもキスが上手く、イチモツの触り方も巧みで、そんな思いがあっという間に消えていってしまう。

日菜子が唇を離して、言った。

「すごいわね。あなたのここ、さっきから勃起しっぱなしよね。そんなにわたしとしたいの？」

ちょっと下から見あげながら、イチモツをさすってくる日菜子は、まさに小悪魔だった。

大きな目は光一の心のなかを覗き込むように動き、ふっくらとした厚めの唇は赤く濡れていて、しかもさっきから、スパッツに包まれたモリマンがぴったりと押しつけられている。

「本心を言っていいですか？」

「ふふっ、いいわよ」

「したいです、すごく……ここに来て、初めて日菜子さんを見たときから、そう思っていました。一目惚れです。じつは、俺がここに通いつめているのは、あなたに逢うためなんです」

「……ほんとかしら？」

日菜子が上目づかいで見あげてくる。その目がコケティッシュで、ドキドキしてしまう。

「もちろん、ほんとうです」

「前から知りたかったんだけど、佐藤さんは何をしている人なの？」

日菜子が訊いてきた。やはり、セックスする前に正体を一応知っておきたいのだろう。

「俺はある会社の営業をしています。営業だから、時間が自由になるんです」

「なるほどね……でも、さぼってちゃダメじゃない」

「そうなんですけど……でも、それ以上に俺には、ひ、日菜子さんのほうが大事なんです」

日菜子にぞっこんな男を演じた。不思議に違和感がないのは、それが自分の素直な気持ちでもあるからだろう。実際にこの人は魅力的だ。

「口が上手いわね。そうやって、いつも営業で人妻をたらし込んでいるのね？」

「いや、そうじゃないです……日菜子さんは特別です。でも、今、人妻っておっしゃいましたけど、ひょっとして日菜子さんも人妻なんですか？」

日菜子がどう答えるか、興味があった。

「……そうよ。失望した？　言わないほうがよかった？」

「いえ……言ってくれたほうがよかったです。ご主人がちょっと怖いですけど」

「怖いわよ。見つかったら、半殺しにされるかもよ」

日菜子が恐ろしいことを言った。おそらく、光一がどう反応するかを見ているのだ。日菜子はダメな男が好きだということを思い出して、弱い男を演じた。

「怖いです、俺……」

「情けない男ね。そんな男はやめた！」

日菜子が股間に添えていた手を離した。どうやら、見込み違いだったらしい。

「ああ、すみません。俺、戦います。日菜子さんのご主人がどんなに怖い人でも戦います」

光一はすぐさま言いなおす。

「いいのよ、それで……それだけわたしのことが好きなのよね？」

「はい……」

光一がおずおずと抱きしめると、スレンダーだが、とても柔軟な身体が腕のなかでしなった。

「ああん、もう……」

日菜子はまた唇を合わせながら、光一のハーフパンツの裏側に手をすべり込ませてきた。

ハーフパンツの下には何もつけていない。しなやかな指が本体に触れて、そこを握った。

ゆるゆるとなぞりながら、舌を差し込んで、からめてくる。

「んんっ……んんんっ……」

くぐもった声を洩らし、イチモツをじかに握りしごかれると、男としての欲望がふくれあがってくる。

そのとき、日菜子がもう一方の手で光一の手をつかんで、胸のふくらみに導いた。

水着のようなスポーツブラを押しあげた乳房はがばっとつかんだだけで、そのたわわさが伝わってくる。揉みしだくと、柔らかいが張りのあるふくらみがしなって、

「んんっ……ぁあああ……気持ちいい」

日菜子がキスをやめて、顔をのけぞらせた。そうしながらも、イチモツを握ってくれている。

光一は日菜子の前にひざまずき、スポーツブラを苦労してたくしあげた。ブラジャーがあがって、ぶるんとこぼれでてきた双乳を見て、圧倒された。

大きい。しかも、形がいい。直線的な上の斜面を下側のふくらみが押しあげたような形をしていて、ピンクがかったセピア色の乳首がツンと上に向いて、しこり勃っている。

「すごい、胸だ。こんなに大きい美乳は初めてです……触っていいですか？」

「いいわよ……でも、このことはこれよ」

日菜子が唇の前に一本指を立てた。

「もちろん……」

「なら、いいわ」

光一が乳房を揉みしだき、中央の突起に触れると、

「あんっ……」

日菜子がびくっと震えて、それから、言った。

「ミラーに二人が映っているわ。見てみて」

光一が壁のほうに目をやると、驕慢な女神の前にかしずく貧相な男が映っていた。ちょっと惨めだった。しかし、女神は官能美にあふれていた。

ポニーテールにした髪がかわいらしい。だが、こぼれでた乳房はたわわで美しい。そして、細いウエストから張りだしたヒップは立派で、足もすらりとして長い。その足と尻を、カラフルなスパッツが包んでいて、その尻のふくらみと太腿がおりなす曲線は女そのものだ。

「ねえ、乳首を舐めてみて」

日菜子が誘ってきた。光一は喜び勇んで、乳房にしゃぶりつく。

片手ではつかみきれない量感あふれるふくらみをモミモミしながら、乳首を吸い、舐め転がした。

硬くせりだしてきた乳首を、舌で上下に舐め、素早く左右に弾くと、

「ぁあああ、あああ……感じる。ああ、わたしエッチだわ。ジムでこんなことされて……ぁあああ、ぁああ、もっと……反対も……そうよ。そう……乳首を転がして……違う。つまんで転がすの……そうよ、そう……ぁあああ、舌が動いてない。さぼらないで！　ああ、そうよ、そう……ぁあああ、あああぅぅ、日菜子、いやらしいわ。日菜子、主人に内緒でこんなことして……」

日菜子は鏡のなかの自分に語りかけながら、腰をくなっ、くなっと揺する。

こんな不倫をしていても、頭から宇川のことが消えていないのだと思った。それだけ、夫の束縛が強いのだろう。

（ええい、忘れさせてやる！）

もう片方の乳首に吸いつき、舐めながら、もう一方の乳首を指で挟んで捏ねた。

それをつづけるうちに、日菜子の様子がさしせまってきた。

「あんっ……あんっ……ぁあうぅぅ、ぁあああ、イキそう……」

がくっ、がくっと膝を落としながらも、顔はねじって、鏡のなかのもうひとりの自分を見ている。やはり、美意識の強い女性は鏡に映った自分をナルシズム的に愛しているのだろう。

光一も乳首を攻めながら、鏡を見る。

日菜子はのけぞって、ポニーテールの髪を垂らしながら、スパッツを張りつかせた生々しい下半身をもう我慢できないとでも言うようにくねらせ、がくっ、がくっと膝を落とす。

「そこに寝て」

日菜子に言われて、光一はラバーの上に大の字になった。

すると、日菜子はハーフパンツをおろして、足先から抜き取っていく。それを見て、日菜子がこちらに尻を向けながら、またがってきた。

飛びだしてきたイチモツが臍に向かっていきりたっている。

いきなりのシックスナインに驚いている間にも、日菜子が咥えてきた。

いきりたった肉の柱を一気に根元まで頬張り、ジュルルッと唾音を立てて吸う。

うねりあがる快感に身悶えをしつつも、光一は目の前のヒップに圧倒される。

丸々とした形を浮かびあがらせたスパッツの底のほうには、明らかな女陰の切れ込みがあって、その縦に長い窪みがたまらなかった。そこを指でなぞると、

「んっ……！」

引きしまった尻がびくんと震えた。さらに、割れ目に舌を這わせると、

「んんんっ……！」

日菜子はくぐもった声を洩らしながら、尻をくなり、くなりと揺する。

じかにしてほしいのだろうと解釈し、スパッツに手をかけた。引きおろすと、伸縮素材が剥けて、真っ白なヒップがこぼれでてきた。

目の前のヒップはきめ細かい肌に覆われていて、はち切れんばかりに充実している。その底には、ふっくらとしたいかにも具合の良さそうな女陰が息づいてい

た。

肉土手も陰唇も上の唇同様に豊かで、しかし、見事なコーラルピンクにぬめっている。たまらずしゃぶりついた。

合わせ目に舌を走らせ、肉びらを指でひろげて、膣口に舌を這わせると、

「ぁあぁ……いい……ああ、我慢できない……」

日菜子がいったん立ちあがって、スパッツを脱ぎ、下半身にまたがってきた。

いきりたちをつかんで、M字にした足の間に導き、沈み込んでくる。

「ぁあぁ……！」

かわいくセクシーな声を洩らして、日菜子がのけぞった。

光一もそのまったりとして緊縮力もある肉路の締めつけを、歯を食いしばってこらえる。

まさか、ここでいきなり挿入とは考えていなかった。

盗撮の用意もしていないし、これでは、スマホで隠し撮りすることも難しい。

だが、これはプロローグで本編への導入部と考えればいい。そう思って、日菜子の肉体を堪能する。

「ぁあぁ、ああうぅぅ……」

日菜子は声を押し殺しながら、腰をつかう。

日頃からジムで鍛えているせいか、膣の締まりが抜群にいい。それに、腰がよく動く。

身体が柔軟なのか、可動範囲が違う。

さらに、スクワットでもするように縦に腰を振られると、急速に射精感が込みあげてきた。

（ダメだ。我慢だ！）

必死にこらえていると、日菜子は昂ってきたのか、

「ぁああ、ぐりぐりしてくる……あなたのチ×コがぐりぐりしてくる……ぁああ、気持ちいい……イキそうよ。イキそう……ぁあああ、たまらない！」

激しく腰を前後左右にグラインドさせたとき、
コンコン――。

ドアをノックする音が聞こえた。ハッとして日菜子は動きを止める。

「トレーナーの日置（ひおき）ですが……すみません。どなたかお使いですか？」

女の声がする。

日置というのは、ここの若い女性トレーナーだ。

「ええ……すみません。犬飼日菜子です。空いているようなので、器具を使わせていただいているんですが……」

日菜子が応答しながら、結合を外して、スパッツを穿く。

光一も急いで、身繕いをする。

「すみません。急にお客様がいらして、マンツーマンでこの部屋を使うことになったので……」

「わかりました。勝手に使ったわたしがいけないんです。すぐに出ますから」

日菜子が答える。

「では、五分後で大丈夫ですか？」

「はい。そうしてください。すぐに空けますので」

日置トレーナーが去っていく足音がする。

二人は急いで部屋を出て、廊下をトレーニングルームへと向かう。

「危なかったわね。佐藤さん、明後日の夜空いてます？」

日菜子が訊いてきた。

「ええ、大丈夫です」

「だったら、家に来てくださらない？」

「えっ、日菜子さんの家ですか？」

「ええ……世田谷にあるんだけど……明後日は、主人が出張で家を空けるのよ。ほんとうは外で逢いたいんだけど、主人はケータイにではなく、家電に電話をしてくるのよ。ちゃんと家にいるか、確かめるために」

　ああ、なるほど――。

「家の住所は後で教えるから。わたし、今日は予定が入っていて、これ以上あなたとつきあえないの。だから……明後日、来てもらえる？」

「もちろん……でも、俺みたいな者を家に呼んでいいんですか？」

「いいのよ。かまわないわ」

　きっぱり言って、日菜子はスパッツに包まれた尻を振りながら、前を歩いていく。

4

　その夜、光一は世田谷にある犬飼家に向かっていた。

　玲香に経緯を報告したところ、『絶好のチャンスじゃない。絶対にものにしなさい』と言われて、『これできみたちの不倫を撮影して』と、盗撮用のバッグを渡された。それは高性能のビデオカメラが内蔵されたクラッチバッグで、スイッチを押せば、自動的に撮影してくれるすぐれものだ。

世田谷の一等地にある二階家は、想像していたとおりの豪華な建物で、犬飼が課長でありながらも、じつは多くの給料を受け取っていることの証に思えた。

インターフォンを押すと、日菜子が出てきて、光一を家に連れ込んだ。

日菜子はタイトフィットのニットを着て、短いスカートを穿き、髪をおろしているためか、ジムのときとはまったく印象が違った。

いいところの若奥様という感じだ。

しかし、白いニットはたわわな乳房の形そのままに持ちあがり、頂上より少し上にぽっちりとした突起が浮かびあがっているから、おそらくノーブラだろう。

リビングに通されて、ソファに座り、出されたビールを呑んだ。すぐに、日菜子がやってきて向かいのひとり用ソファに腰かけた。

いきなり足を組んだので、膝上二十センチのスカートがずりあがって、むっちりとした太腿がかなり際どいところまでのぞいた。

明らかにわざとやっている。その証拠に、上になった足の爪先が光一のほうを向いて、ズボンの股間を擦るような動きをする。

「よく来られたわね。怖いんじゃなかった？」

日菜子がにっこり笑う。

「それは怖いです。でも、それ以上に日菜子さんに逢いたくて……」

「そうよね。ふふっ、今もチ×コを大きくしているんですものね。丸見えよ」

「あっ、すみません」

光一はあわてて股間のふくらみを隠す。

「見せてあげようか？」

「えっ……？」

日菜子が組んでいた足を解いた。それから、少しずつ膝を離していく。

ついには、両足をソファの座面に乗せた。

愕然（がくぜん）とした。日菜子は下着をつけておらず、肌色のパンティストッキングだけを穿いていたので、ストッキングから黒々とした繊毛が渦巻いているのが、はっきりと見えた。

「来て……！」

「はっ？」

「こっちに来なさい！」

光一は持ってきたクラッチバッグを立てて、ひそかに録画のスイッチを入れる。

それから、急いで日菜子の前に立つ。

「脱いで。裸になって」

「……ご主人は帰ってこないですよね？」

一応念を押す。

「大丈夫。さっき、電話があったから。九州にいるみたいよ。鹿児島だと言っていたわね」

そうか、ピンときた。鹿児島と言えば、知覧茶が有名である。しかし、知覧茶はすでにブランド化されてしまっているから、きっと鹿児島の他の地域のお茶を狙っているのだろう。

さすがだ。あそこは摘み取りの時期が日本ではもっとも早いから、先手を打てるということか。

「次にかかってくるのは、一時間後くらいかな。早く脱いで」

まさか、今相手にしている男が競合企業の密偵だとは、つゆとも思っていないのだろう、日菜子がせかしてくる。

光一は急いで服を脱ぎ、素っ裸になる。

寒いが部屋は暖房が効いているから、どうにかなりそうだ。

「ここにひざまずきなさい」

日菜子が命令口調で言う

光一が前にしゃがむと、日菜子はすらりとした足を持ちあげて、光一の後頭部を引っかけるようにして、顔面を太腿の奥に引き寄せ、

「舐めて……舐めたいでしょ？」

「はい……でも、パンティストッキングが？」

「あなたに素晴らしい役目を与えてあげる。破っていいわよ。引き裂いて」

「いいんですか？」

「いいから言っているの」

パンティストッキングを破るのなど生まれて初めてだ。

真ん中にシームが入っているから、きっとそれを避けたほうがいいのだろう。見ると、シームが陰唇の真ん中に食い込んで、ふっくらとした肉土手が浮きあがっている。しかも、そこはすでに蜜があふれていのるか、じっとりと湿って肌色のストッキングが濡れてくっついている。

（ああ、日菜子さんもじつはこれを待っていたんだな）

もしかすると、監視の厳しい夫の目を盗んで不倫をすることに、悦びを見いだしているのかもしれない。

光一はパンティストッキングに両手の指を食い込ませた。爪で布地を切るようにして思い切り引っ張ると、乾いた音を立てて、パンティストッキングが裂けた。

菱形になった開口部に手をかけてもう一度強く引っ張ると、ビリッという音とともにパンティストッキングが大きく破れた。

「ぁあああ……！」

と、日菜子が感に堪えないような声をあげて、ぶるっと震えた。

昂奮しているのだ。

大きくひろがった開口部の中心に、黒々とした翳りが縮れていて、その流れ込むところに艶やかな肉の花が咲き誇っていた。

「ああ、舐めて！」

日菜子が下腹部をせりあげてきた。

たまらなくなって、光一はしゃぶりつく。すでにそこは蜜でも塗ったようにぬるぬるで、上下に舌を走らせると、

「ぁあああ、ああうぅ……！」

日菜子が手のひらを口に当てて、声を押し殺しながらも、ぐいぐいと恥丘を擦りつけてくる。

光一もひどく昂奮していた。今、このシーンはさっきスイッチを入れた隠しカメラで撮影されている。

（とうとうやった……！　任務を遂行しているんだ！）

満足感が襲ってくる。それ以上に、気持ちが昂っているのは、おそらく、パンティストッキングを破っての行為だからだろう。

まさか、日菜子がこんな趣味の持主だとは思わなかった。

女王様でも、被虐的(ひぎゃくてき)なところはあるらしい。まったく、女性はわからない。しかし、その理解できないところが神秘的で、男は惹かれるのかもしれない。

夢中になって狭間を舐めしゃぶり、上方の大きなクリトリスに舌を打ちつけると、日菜子の様子がさしせまってきた。

「ぁあああ、あああうぅ……いいのよ、いいの……初めてなのよ。主人と結婚して、他の男とするのはあなたが初めてなの。きっとそのせいね。だから、こんなに感じるのね」

日菜子はそう口走りながらも、光一の頭をつかんで、濡れ溝を擦りつけてくる。光一の顔面はもうぐしょぐしょで、甘酸っぱいような濃厚な性臭も香り立ち、股間のものもギンギンになる。

「日菜子さん、入れたいです。入れていいですか？」

唇を陰毛に接したまま、おうかがいを立てる。

「その前に、おしゃぶりさせて……わたし、チ×コをしゃぶるのが好きなの」

そう言って、日菜子は立ちあがり、代わりに光一をソファに座らせ、スカートを脱いだ。

ナチュラルカラーのパンティストッキングが張りつく下半身は、パンティストッキングが大きく楕円に引き裂かれて、恥部が丸見えだった。

上はまだ白いニットを着ている。しかし、タイトフィットでその上、ノーブラなので、乳房の釣鐘形がそのまま浮かびあがり、頂上を突起が押しあげている。

長いストレートヘアをしていた。

その髪をかきあげながら、日菜子は前にしゃがみ、いきりたつものにキスをしてきた。ちゅっ、ちゅっと唇を押しつけながら、肉棹を握りしごき、さらには、亀頭部の真裏をちろちろと舐めながら、本体を袋のほうからさすりあげてくる。

「どう、気持ちいい？」

「ええ、最高です」

言うと、日菜子は姿勢を低くして、睾丸を舐めてきた。皺袋に包まれた睾丸を大切なものでも扱うように丁寧にしゃぶり、さらには、もっと顔を落として、睾丸の裏から会陰部にかけて舌を走らせる。

「ああ、くっ……！」

まさかの行為に、光一は驚き、昂奮した。

高慢だと思っていた課長夫人が、自分の睾丸ばかりか、蟻の門渡りにまで舌を走らせてくる。

きっと、日菜子はＳＭ両刀遣いで、どっちもいけるのだ。だから、犬飼は夢中になってしまっているのだろう。

日菜子は会陰部から皺袋、裏筋を舐めあげて、そのまま上から本体を咥え込んできた。

ぐっと奥まで頬張り，そこでチューッと吸い込みながら、顔を打ち振る。

繊細な頬がぺこりと凹んで、その状態で日菜子はちらりと見あげ、バキュームフェラのもたらす効果を推し量るような目で見る。

「ああ、気持ちいいです」

伝えると満足そうに微笑み、今度は、根元を握って擦りながら、それと同じリズムで顔を打ち振る。

ジュルジュルッとすすりあげ、吐き出して、側面を舐めながら、見あげてくる。また、上から頬張って、亀頭冠を中心に小刻みに唇をすべらせ、根元を握りしごいてくる。

ついには、手を離して口だけで頬張り、獲物が肉を食い千切るように顔をS字に振って、硬直を攻めたててくる。

やはり、日菜子にとってフェラチオは男に奉仕するというより、男を攻めるものなのだ。男がマラで女体を突きまくるのと同じように、日菜子は口でイチモツを攻撃してくる。

「うん、うん、うん……」

日菜子が仕上げにかかった。根元を握りしごきながら、余った部分を唇と舌で攻めたててくる。

ジーンとした逼迫感が込みあげてきて、

「ああ、出ちゃう……入れさせてください！」

光一がぎりぎりまで我慢して訴えると、日菜子が立ちあがった。

そして、ひとり用ソファに座っている光一にまたがってきた。

ソファの座面に両足を踏ん張り、唾液まみれの肉柱を手で導いて、濡れ溝を押しあてながら、ゆっくりと沈み込んでくる。

窮屈で、とても緊縮力の強い肉路に硬直を包み込まれて、光一は思わず奥歯を食いしばる。そして、日菜子は大きくのけぞりながらも、両手で肩をつかんで、

「ぁあああああ……！」

体内に男のシンボルを受け入れた悦びをそのまま表すような声を洩らした。

「いいわ……佐藤さんのチ×コ、気持ちいい。ぴったりなのよ。日菜子のオマ×コにぴったり合うの」

日菜子が腰をくねらせながら言う。

「そんな……ご主人のほうがいいんじゃないですか？」

カマをかけてみた。すると、日菜子が見事に引っ掛かった。

「ダメよ。主人のは迫力がなくて……仕事のストレスのせいで、完全には硬くならないのよ。フニャチンでいくら突かれても、全然イケないのよ。そのくせ、やたら長くて……途中で眠くなっちゃう。きっと自分のセックスに自信がないから、

いつも束縛して、他の男とさせないようにしているんだわ」

何だか身につまされる話で、光一は犬飼が可哀相になってきた。もしこの映像を犬飼が見たら、それこそ死にたくなるだろう。しかし、ここは非情にならないといけない。

光一は目の前の白いニットをまくりあげる。すると、ふっくらとした乳房の下側がのぞき、さらにめくると、全容が姿を現した。

いつ見ても、格好がいい。たわわで丸々としているのに、乳首が糸で引っ張りあげられたようにツンと上を向いている。

その驕慢な乳房に貪りついた。ふくらみの頂上に吸いつき、下から揉みあげると、

「ぁあん……！」

日菜子が顔をのけぞらせながら、しがみついてきた。

乳首を舐めながら、もう片方のふくらみを揉みしだくと、

「ぁああ、んん……いいのよぉ……ぁああ、腰が勝手に動くぅ」

日菜子が腰から下を前後に擦りつけてくるので、光一の分身も揉みくちゃにされる。

「ぁああ、奥に……奥に届いてる」

そう言いながら、日菜子はますます大きく、激しく腰を揺すりたてる。

甘い陶酔感がさしせまったものにふくれあがってきた。

「ああ、出そうです」

「いいのよ。出しても……出させてあげる。どこまで我慢できるかしら？」

刺すような目で見つめて、日菜子はますます激しく腰を振った。

射精しそうで情けない顔をしている光一を面白がっているように見つめながら、大きく腰を打ち振る。

「ぁあああ、いい。わたしも、いい……イキそう。イクわ……あなたも出して……出していいのよ。ぁあああ、気持ちいい！」

日菜子にぐいと腰を振りたてられたとき、光一は放っていた。

男液が狭いところをすごい勢いで噴出していく。熱いものがじわっとひろがってきて、光一は射精の快楽に酔いしれる。

そして、今にも泣きださんばかりの顔で放っている光一の顔を、日菜子は上から目線で眺めている。

5

放出を終えたとき、日菜子の表情が変わった。

「あらっ……！」

またがったまま少し尻を浮かし、結合部分の勃起を触って、

「おかしいわね。まだ、硬いんだけど……どうして？」

「すみません。俺、じつはいつも、抜かずの二発なんです」

「いつもって……いつも、こうなの？」

「はい……すみません。ちょっとへんなんです」

光一は謙遜して言う。

「確かに、ちょっとへんよね。だけど……ああ、カチンカチンだわ……つづけられるんでしょ？」

「はい、もちろん」

「じゃあ、この奇跡のチ×コで愉しませてもらうわ……そろそろ体位を変えてほしいんだけどな」

日菜子がまたがったまま、せがんでくる。

「わかりました。ええと、では一度立ちあがって……」

光一は日菜子を抱きかかえて、ぐいと腰を浮かせた。そのまま立ちあがり、日菜子が落ちないように腰を支える。

「すごい！　これって、駅弁ファックよね？　初めてよ」

日菜子がうれしそうに言って、ぎゅっとしがみついてくる。

「どうしましょうか？」

「まずは、部屋をぐるぐるしてみて」

日菜子の要望に応えて、光一は駅弁ファックの体位で日菜子を持ちあげながら、リビングを歩いてまわる。これもバッグに仕込んである隠しカメラがとらえているはずだ。

こんな姿を、玲香や池谷課長や宇川部長に見られるのかと思うと、かなり恥ずかしい。

いや、それより犬飼だ。犬飼が自分の妻が見ず知らずの男に駅弁ファックされて悦んでいるのを見たら、どんな気持ちになるだろう？

光一は尻をつかんで持ちあげながら、ゆっくりとリビングを周回する。日菜子は痩せているから、あまり重さは感じない。

しかし、体重を足で支えているから、太腿がだんだん張ってきた。

「すみません。この後、どうしますか？」

「ソファにおろして。抜かないでね」

光一はロングソファの前に立ち止まって、慎重に玲香をソファにおろしていく。座面に沿って横に寝かせながら、自分も折り重なっていく。

「ねえ、突いて……いっぱい……」

日菜子が下から見あげてくる。目尻の切れあがった猫みたい目が今は、ぼうと霞んだように潤んでいて、メチャクチャに色っぽい。

ふと気づいて、光一はソファに置いてあったカメラ入りバッグをセンターテーブルに置き直す。これなら、至近距離でのファックがばっちり映るはずだ。

それから、光一は片方の膝を座面に突き、日菜子のすらりとした足を片方持ちあげて、帆掛け舟（ほかけぶね）の体位を取る。依然として、破れたパンティストッキングを穿いているので、全裸より艶めかしく感じてしまう。

じつは、光一も最近はセックスの体位や技法を学んでいる。人妻を寝取るという任務を遂行するには、勉強も必要だった。

片方の足をほぼ垂直に立てて、いきりたっているものをぐいぐいと翳りの底に打ち込んでいくと、

「あんっ、あんっ、あんっ……」

日菜子はよく響く喘ぎ声をあげて、後ろ手に肘掛けをつかみ、もう一方の手でソファの脇を握る。

勃起を打ち据えるたびに、乳首がツンと上を向いた美乳がぶるん、ぶるんと縦揺れして、その勢いが増してくる。

日菜子の膣もぐいぐい締まって、勃起を締めつけてくる。

これまでの光一なら、そろそろ二度目の射精をしていた。しかし、いっこうに射精感は訪れない。

(うん？　これは、ちょっと今までとは違うぞ！　もしかして、射精をコントロールすることができるようになったのか？)

光一は足を離して、両手で細腰をつかんだ。

見事にくびれたウエストを下から持ちあげて、日菜子の腰を浮かせ、そこに、屹立を叩き込んでいく。

すると、これがいいのか、日菜子はブリッジするみたいに身体を反らせて、

「あん、あん、あんっ……ぁああ、すごい……こんなの初めてよ。あああ、すごすぎる……あんっ、あん、あんっ……」

後ろ手に肘掛けをつかんで、顎をせりあげる。

（みんな、聞いたか、今の言葉？　俺はライバル社の課長夫人をこんなに感じさせているんだぞ）

有頂天で、腰をつかっていると、

「ああ、ねぇ……後ろからして……。バックが好きなの」

日菜子がせがんできた。

「いいですよ。じゃあ……いったん抜きますから、ソファのほうを向いてください」

光一は結合を外し、日菜子にソファの座面をつかませて、腰をぐいと後ろに引き寄せた。

両足を開いて前屈した日菜子の尻の底は、もう濡れに濡れて、ぐちゃぐちゃだった。

石榴(ざくろ)みたいに爆ぜたぬるぬるの膣に勃起を打ち込むと、

「ぁあああ、突き刺さってくるぅ！」

日菜子ががくがくと震えて、膝を落とす。さがっていった腰をつかんで引きあげて、そっくり返るようにしてイチモツを叩き込んでいく。

ピタン、ピタンと乾いた音が爆ぜて、

「あん、あん、あんっ……」

日菜子が喘ぎをスタッカートさせた。よし、もう一息とさらに強く打ち込もうとしたとき、センターテーブルに置いてあった白い家電の子機が呼出音を響かせた。

「……主人からだわ。いいわ、出なくとも……」

日菜子が言う。

「いけません。怪しまれます。出てください」

指示をして、光一はテーブルに手を伸ばし、電話の子機を取ってやる。

日菜子はソファの背もたれにつかまる格好で、電話に出る。

「はい……わたし。出るのが遅いって……しょうがないじゃないの。シャワーを浴びてたんだから」

日菜子がそう応答しながら、光一のほうを見る。いまだ後ろから挿入したままなので、身体をひねる格好である。

「もう、いいでしょ。切るわよ。えっ……何かへんだって？　へんじゃないわ。どうしてそんなことを言うの？」

きっと、犬飼が敏感に妻の異常を察知して、そのことをぐちぐちと問い詰めているのだろう。

あまりにも電話が長いので、光一は焦れてきた。

（ちょっと悪戯してやれ）

日菜子の腰をつかみ寄せて、ぐいっ、ぐいっと屹立を押し込んでいく。最初は我慢していた日菜子だが、つづけるうちに、

「んっ……んっ……ぁあん」

と、明らかに喘ぎとわかる声を発した。

「そうじゃないわよ。ひとりに決まってるじゃない。何言ってるのよ！　じつはね、さっきからひとりであれをしてたのよ。あなたがいなくて、寂しいから」

日菜子が子機に向かって言った。

この機転こそが、日菜子が犬飼を射止めた要因なのだという気がした。

「そうよ……いやだ、あなたもしたいの？　いいわよ。一緒にしましょ。テレホ

ンセックスね……ふふっ、いやらしい音がしてる。しごいてるのね？　ギンギンになったチ×コをしごいているのね？　ああ、わたしも……」

こちらを見てうなずいたので、光一もまたストロークを再開する。

強く打ち込むと、ますますエレクトしたイチモツが日菜子の膣を深々とえぐっていき、

「あんっ……あんっ……あんっ……ぁあああ、いい……イキそう。あなた、日菜子、イキそうよ」

日菜子が子機に語りかける。

（ええい、こうなったら俺も……三人一緒にイッてやれ！）

この映像を後で犬飼が見たら、きっと腰を抜かすだろう。

「あんっ、あんっ、あんっ……ぁああ、気持ちいいわ……そうよ。バイブを突っ込んでいるの……ぁああ、すごい。大きいの、硬いの……ぁああ、イクわ。イキそう……あなたも、あなたも出して……そうよ、突いて。思い切り突いて……ぁあああ、イク、イク、イッちゃう！」

日菜子がさしせまった声を放って、突きだした腰を激しく前後に振った。

（おおぅ、出すぞ。出す！）

胸のなかで吼えて、反動をつけた一撃を叩き込んだとき、

「イクぅ……！」

日菜子がのけぞりながら、がくん、がくんと躍りあがり、駄目押しとばかりにもうひと突きしたとき、光一もしぶかせていた。

ドクッ、ドクッと噴出する精液を、日菜子は腰をぶるぶるさせながら受け止めている。

6

一カ月後、光一は専務室に向かっていた。

あれから、うちのメンバーが、光一と日菜子の不倫情事を撮影した映像を、匿名で犬飼の会社のパソコンに送りつけた。

うちの会社と内通しているMフーズの社員によれば、その後、犬飼のビジネスに関する判断が狂いはじめ、それとともに、Mフーズの日本茶ブランド化プロジェクトにも支障が出て、今では我が社に大幅に遅れを取っている。

内通者によれば、犬飼は相手の男を捜しまわったのだが、光一はあれからすぐ

にスポーツジムをやめ、また、自分の身分を明かすようなものは一切残していないから、映像の男が誰かつかめず、そのことで、犬飼はますます苛立(いらだ)って、正常な判断ができなくなっていると言う。

ちなみに、日菜子は「あなたとは別れます」と居直っているが、日菜子にぞっこんの犬飼は「離婚だけはしないでくれ」と下手に出ているらしい。

犬飼もまさか、妻の不倫相手がライバル社の平社員だとはつゆとも思っていないようだった。

そしてこの計略が上手くいったことで、光一はそのご褒美として、プロジェクのなかでも重要な、宮崎茶のブランド化推進という大切な役目を任されていた。

そして今日、光一は専務室に呼ばれていた。

大塚(おおつか)専務は、次期社長と目されている実力者で、光一もこれまで口を聞いたこともないほどの雲の上の人である。

そんな専務になぜ呼ばれたのか、と頭をひねりつつ専務室に入っていくと、

「おおぅ、きみが佐藤光一くんか……座りなさい」

専務が椅子から立ちあがって、ソファを勧めてくる。

光一が畏まって、ソファに腰をおろすと、大塚専務が目の前のひとり用ソファ

に座った。

体重が百キロはありそうな貫禄のある体型で、見事なまでのスキンヘッドだ。確か六十六歳のはずだが、血色も良く、いかにも精力的な面構えだった。

その専務が光一をまっすぐに見て言った。

「きみを呼んだのは、他でもない。ある女を寝取ってほしいんだ」

「えっ……？」

「聞いたぞ。きみは、Mフーズのマキャベリスト、犬飼の妻を寝取って、彼のコンピューターを狂わせたそうじゃないか。宇川人事部長が報告してくれた。やり方としてはダーティだが、目には目をって、とこだな。よくやってくれた。お蔭で、うちの日本茶プロジェクトは極めて順調に進んでいる。ウワサによれば、抜かずの二発ができるそうじゃないか……羨ましいよ」

大塚は目を細めて笑い、それから急に真剣になって、

「きみの力を借りたいんだ。ある女を寝取ってくれ」

「……はあ、それで、その女とはどんな方でしょうか？」

「このことは絶対に内緒だからな。いいな？」

専務の表情が引き締まった。

「はい、もちろん。絶対に口外しません」

きっぱり言うと、専務がぽつりと言った。

「寝取ってほしい女は……鴻上(こうがみ)まり子、社長夫人だ」

「……………！」

まったく想像もしていなかった名前を出されて、光一は唖然としてしまった。

(社長夫人だって！　あり得ない、あってはならないことだ！)

会社創立八十周年記念パーティに、現在の鴻上社長の夫人を目にしたことがある。社長は八十一歳だが、現在の社長夫人のまり子は四十代前半の和服がよく似合う美女で、以前は高級クラブのママをしていたと言う。

(あの人を寝取れというのか？　無理だ。自分には大役すぎる！)

そんな気持ちが顔に出たのだろう、大塚専務が言った。

「きみならできるさ。まり子夫人が社長に不満を持っているという情報は入っている」

「いや、しかしですね……」

「きみは、そろそろうちの社長も退陣すべき時期だと思わんかね？」

光一は言葉に詰まった。実際に、そういう雰囲気は我が社にはひろがっているし、光一も八十一歳の社長はいかにも歳をとりすぎていると感じる。

そして、大塚専務が時期社長の座を虎視眈々と狙っているということも、耳に入っている。

「社長夫人を寝取って、いろいろと情報を訊きだしたい。社長は夫人にはすべてを話しているという情報がある。夫人をこちら側につけてしまえば、こっちのものだ。最後は役員総会で退任に追い込む。どうだ、やってくれんかね？　夫人はもち肌だし、あっちの方はまだまだ女盛りらしいぞ。ところが、社長のあれが使いものにならなくて、悶々としているらしい。いい女だぞ。あんな女と、抜かずの二発ができたら最高だと思うんだが……」

気持ちが動いた。頭のなかでは、すでに夫人を組み伏して、腰をつかっている映像が浮かんでいる。

「しかし、もし失敗したらと考えますと……」

「もちろん、ただでやってもらおうってわけじゃない。成功したあかつきには、きみを次期課長補佐にとも考えている」

「でも私はまだ二十六ですし……」

「若い人材を登用すれば、若手もやる気が出るだろう。これは、宇川人事部長とも話がついている。これが、社長夫人の写真だ」

専務が取り出したのは、鴻上まり子が外出しているときの写真で、タクシーを降りる際に撮ったものだろう。いかにも高級そうな着物の裾が乱れて、白い長襦袢とふくら脛がのぞいている。

その品のいい美貌とふくら脛に、たちまちは下半身が反応した。

「いい女だろ？」

専務の顔がにやけた。

「はい……」

「やりたいだろ？　現にきみのあそこが反応している」

専務の視線が股間に落ちて、光一はあわててズボンのふくらみを隠す。

「やってくれんか？　頼むよ、このとおりだ」

専務が深々と頭をさげた。その瞬間、光一の心は決まった。

「や、やります。やらせてください……頭をおあげください」

言うと、専務がようやく顔をあげた。

「よし、善は急げだ。早速、秘書と打ち合わせをしてくれんか？　江口（えぐち）さん、来なさい！」

すぐに、江口亜希子が入ってきた。

我が社きっての美人秘書で、そのきりりとした美貌は他の追随を許さない。

（こんないい女と打ち合わせをするのか？）

ドキドキしていると、

「失礼します」

亜希子がソファの隣に座った。ふわっとした香水のフレグランスが鼻孔をくすぐってくる。タイトミニから突きだした美脚が斜めに流される。

（ああ、この人ともしたい……！）

ついつい不埒なことを考えてしまう。

「社長夫人のスケジュールですが……」

亜希子がファイルを開く。光一が呆然としていると、

「大丈夫ですか？　我が社にとっては死活問題ですから、きちんとしていただかないと困ります」

亜希子にたしなめられて、

「あ、はい……すみません」

光一はファイルを覗き込むフリをして、亜希子の斜めに流された美脚に食い入

るような視線を送るのだった。

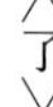

※この作品は、ジーウォーク紅文庫のために書き下ろされました。

紅文庫

上司の熟れ妻たち

霧原一輝（きりはらかずき）

2020年1月25日　第1刷発行

企画／松村由貴（大航海）
DTP／内田美由紀

編集人／田村耕士
発行人／日下部一成
発行所／ロングランドジェイ有限会社
発売元／株式会社ジーウォーク
〒153-0051 東京都目黒区上目黒1-16-8 Yファームビル6F
電話 03-6452-3118
FAX 03-6452-3110

印刷製本／中央精版印刷株式会社

ISBN978-4-86297-970-4

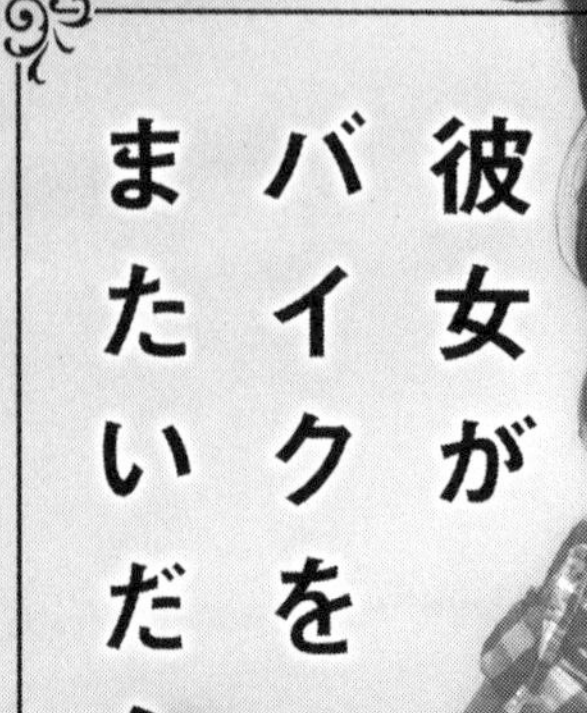

葉月奏太
SOUTA HAZUKI

ワンナイトラブでも、
気に入った相手じゃないとね。

狂おしいほどに求め合い、激しいほどに貪り合うふたりが、
疾走するオートバイから眺めた北海道の広大な景色とは——。

大学生でライダーの拓真と、大手建設会社の
女性管理職である奈緒は、札幌で運命的に出会う。
その夜、ふたりは狂おしいほどに求め合い、激しいほどに貪り合った。
翌日、拓真は奈緒をタンデムシートに乗せてツーリングに出発する。
大人の女性によって成長してゆく青春官能にして
風を感じるオートバイ小説！

定価／本体720円＋税

紅文庫
最新刊